ANNE POUGET

LES BRUMES DE MONTFAUCON

FEELING

casterman

1

La mémoire de fer

Le jour se levait à peine, apportant la promesse d'une journée ensoleillée. Hanin se débarbouilla dans le cuveau puis quitta la maison de son père. De lourdes toitures, qui interceptaient l'air et la lumière, surplombaient les rues étroites. Il se hâta de gagner la rue principale, déjà animée par les bourgeois allant aux affaires, les médecins courant à leurs visites, les revendeurs en litières ou en chars s'activant à chaque croisée. Les voix des crieurs[1] publics s'élevaient, mêlées aux hurlements des animaux de l'abattoir.

Un groupe d'enfants turbulents arriva en trombe. Les chenapans[2], qui reconnurent Hanin, lui barrèrent la route.

— Dis donc, toi, tu vas où ? Et sans rouelle[3] ?

1. Les crieurs allaient par les rues annoncer les nouvelles.
2. Garnements, vauriens.
3. Signe distinctif des juifs au Moyen Âge, équivalent de l'étoile jaune.

Aurais-tu oublié qu'il est interdit aux juifs de sortir durant la semaine sainte ?

La main de Hanin se posa instinctivement sur son cœur. S'ils alertaient la garde, il serait arrêté.

L'un des enfants lui cracha au visage, provoquant l'hilarité générale.

De la main gauche, Hanin s'essuya la joue.

Les garnements s'apprêtaient à lui lancer des pierres, lorsqu'un mouvement de foule inhabituel attira leur attention.

— On s'occupera de toi un autre jour, lança le chef de la petite bande en brandissant le poing, tandis que ses complices se précipitaient sans plus attendre vers la place de la Fontaine.

Hanin profita de l'aubaine et se faufila, le dos au mur, avant de disparaître sous une porte cochère.

Simon, son oncle, l'accueillit en le houspillant.

— Mais tu as perdu la raison ? Quel diable t'a encore inspiré ? J'espère au moins que personne ne t'a vu !

— Non, personne, mentit le garçon.

— Ton père a-t-il terminé le tannage des peaux que je lui ai confiées ?

— Presque...

Son oncle mit une pièce de drap dans un bac et y vida un broc d'urine de bœuf fermentée.

Pieds nus, Hanin procéda au foulage[4] dans cette odeur nauséabonde, à laquelle il était à présent habitué.

Un caillou heurta la porte avec violence.

— Encore un maléfice des juifs... Ça ne peut être qu'un juif ! cria quelqu'un.

D'un geste prompt, Simon fit sortir son neveu du bac et le poussa à l'intérieur de la maison.

— Il a dû se passer quelque chose ! souffla-t-il.

— En arrivant, j'ai remarqué une animation inhabituelle sur la place, répondit Hanin à voix basse.

Précédant le jeune garçon, Simon monta à l'étage et entrouvrit un volet. Dans la rue, une femme hagarde allait, interpellant chaque passant :

— Z'auriez pas vu ma petite Gertrude ? On la cherche depuis hier... Paraît qu'on l'a vue par ici.

La mère éplorée leva la tête ; apercevant Simon derrière le volet, elle brandit le poing.

— C'est eux, j' suis sûre qu' c'est eux, avec tous leurs maléfices ! Regardez-moi donc comment qu'y s' cachent !

Simon bouscula son neveu jusqu'à une palissade qui séparait la cour d'un jardinet attenant.

4. Pour rendre certains draps et peaux plus souples, on les foulait avec les pieds dans un bac contenant de l'urine de porc ou de bœuf.

— Vite, va prévenir ton père... Et demain, ne viens sous aucun prétexte !

Glacé par les cris provenant de la rue, Hanin disparut entre les planches disjointes de leur passage secret.

Lorsqu'il raconta les événements à son père, celui-ci hocha tristement la tête.

— Les jours à venir ne présagent rien de bon pour nous...

***

La voix d'un crieur public propagea la nouvelle :

— Oyez, oyez : ce matin, le corps de l'enfant Gertrude a été trouvé aux abords de la ville et une enquête va être menée, à la demande de sire de Mondragon. Quiconque aurait vu ou entendu quoi que ce soit est tenu de se faire connaître.

Tapi derrière les volets, Hanin s'impatientait. Comme s'il avait le pouvoir de lire dans ses pensées, son père siffla entre ses dents :

— Tu es fou ! Tu sais qu'il nous est interdit de sortir...

Résigné, Hanin se remit au travail.

Un peu plus avant dans la journée, l'oncle Simon arriva par leur passage secret. D'un air grave, il annonça :

— Jacob, Misha et Gédéon ont été arrêtés et soumis à la question[5]. On les accuse du meurtre de cette enfant.

— Je connais bien Jacob, jamais il n'aurait commis un acte aussi abominable ! protesta le père.

Simon se contenta de hausser les épaules.

— Dis, papa, qu'est-ce que ça veut dire ? demanda Hanin.

— Ça veut dire qu'ils vont être torturés jusqu'à ce qu'ils avouent...

— Qu'ils avouent quoi, s'ils n'ont rien fait ?

La main calleuse que David posa sur l'épaule de son fils résuma son désarroi.

Durant sept jours, les rumeurs allèrent bon train et, de bouche à oreille, ce que l'on savait des événements se répandit comme une traînée de poudre : retrouvé dans un fossé, le corps de la petite Gertrude était couvert de plaies et de meurtrissures.

La colère publique s'amplifia et partout dans la ville on réclamait justice. Voulant s'attirer les bonnes grâces des chrétiens en cette semaine sainte, les Frères mineurs[6] menèrent la question

5. Méthode de torture judiciaire légale au Moyen Âge.
6. Ordre religieux fondé par saint François d'Assise et chargé par Saint Louis de procéder à la question, au nom de Dieu.

avec beaucoup de zèle : ils torturaient les accusés en leur donnant tous les détails du meurtre, leur soufflant ainsi les réponses attendues.

Dans ces conditions, les prisonniers avouèrent tout ce qu'on voulait qu'ils avouassent. Les « coupables » avaient même reconnu une fiole, exhibée par les Frères, comme étant celle dans laquelle ils avaient recueilli le sang de l'enfant, nécessaire à la préparation de leurs philtres maléfiques.

Pour plus de sûreté, on fit arrêter les amis ou les familiers des trois hommes... Parmi eux se trouvait David, le père de Hanin.

Le temps clément attira une foule compacte sur la place de Grève. Sur l'estrade, qui surplombait la marée humaine, s'alignait en bon ordre tout ce que la ville pouvait compter en personnalités : représentants du clergé, juges et prévôt[7], notables de la ville constituaient la cour de jugement. Au centre, reconnaissable à sa riche parure, sire de Mondragon, seigneur de Valréas en Vaucluse, dépositaire de la haute justice de la ville, présidait le tribunal.

Des gardes firent descendre les condamnés de la charrette et les alignèrent en bon ordre. Le prévôt prit la parole :

— Sire, voici neuf hommes, arrêtés après

7. Représentant du pouvoir judiciaire, équivalent du maire actuel.

dénonciation. Tous ont avoué le meurtre de la petite Gertrude.

— Ces hommes ont le visage et le corps tuméfiés ! protesta le rabbin[8], qui s'était invité aux débats.

Après une vague hésitation, sire de Mondragon se racla la gorge.

— Les accusés prétendent-ils avoir été soumis à la question ?

Aucun des prisonniers ne broncha et l'on se contenta de leur silence.

— Si nul d'entre vous ne souhaite se plaindre devant nous… conclut le prévôt avec soulagement.

Le rabbin s'enhardit :

— Sire, je souhaite prendre la parole devant vous.

Il s'était exprimé d'une voix suffisamment forte et claire pour être entendu par tous.

Hésitant, sire de Mondragon se tourna vers le représentant de l'Église, l'interrogea d'un œil inquiet, puis laissa son regard s'égarer sur l'assemblée, toujours avide de sensationnel. Comprenant qu'il ne pouvait bâillonner le rabbin sous peine de se faire mauvaise réputation, il le laissa poursuivre.

— Sire, nobles seigneurs de la ville et du clergé, je me nomme Siméon et je tiens à protester : tous

8. Chef religieux des juifs, équivalent du prêtre chez les chrétiens.

les hommes, ici présents et condamnés pour meurtre, sont innocents. Ils n'ont avoué que sous une cruelle torture, comme nous pouvons le constater.

Piqué au vif, un Frère mineur s'opposa avec ardeur :

— Pourtant l'un d'eux, le dénommé David Ben Meir, n'a pas avoué malgré la question !

La réponse fit bondir le rabbin.

— Vous voyez, sire : il reconnaît en public que ces hommes ont été torturés !

Une clameur s'éleva, que sire de Mondragon tenta de réprimer. Comment allait-il se sortir de cette situation ? Il jeta un regard implorant aux membres du jugement ; l'évêque intervint.

— L'enfant Gertrude a été assassinée par ces juifs !

— Faux ! On veut leur faire endosser un meurtre commis par d'autres, martela le rabbin. Vous n'avez aucune preuve que cette fillette a été tuée par les juifs.

— Nous avons leurs aveux, sire, leurs aveux ! tambourina un Frère mineur en se tournant vers les inculpés, comme s'il en attendait le soutien.

Hanin fendit la foule et vint se jeter aux pieds de la cour.

— Sire, j'implore votre clémence. Mon père aurait été incapable de faire une chose pareille !

Se sentant pris au piège, le seigneur de Mondragon posa un regard glacé sur le jeune garçon.

— Et… tu dis être le fils de qui ?

— De David Ben Meir, sire.

Cherchant à gagner du temps, le seigneur fit avancer David. Puis, se tournant d'un air faussement calme vers le prévôt, il l'invita à mener les débats. Celui-ci prit pompeusement la parole :

— Dis-moi, petit, quel âge as-tu ?

— Treize ans, Votre Grâce.

— Treize ans… Tu dis être juif et tu te présentes à nous sans rouelle ?

Hanin se releva, posa instinctivement la main sur son cœur. Son accablement lui avait fait oublier ce détail.

Le prévôt s'acharna :

— Ignorerais-tu la loi qui oblige les juifs à porter deux rouelles jaunes, l'une sur le devant de leur habit et l'autre dans le dos, à compter de treize ans ?

Hanin lança un regard terrifié à son père, puis au rabbin, et enfin au seigneur de Mondragon. Ce dernier, profitant de cet instant de désarroi, retrouva son aplomb.

— Tu connais la loi, petit ?

— Oui… murmura Hanin, penaud.

— Et tu sais que tout juif qui se promène sans rouelle doit payer une amende ?

Exaspéré, le rabbin vola au secours de l'enfant.

— Sire ! Comment voulez-vous qu'il s'acquitte de pareille somme ? Son père est aux fers !

L'évêque, qui tenait enfin sa vengeancc, s'éleva pour faire taire le rabbin :

— La loi, que nul ne peut prétendre ignorer, est la même pour tous, et cette loi précise que tout juif trouvé sans rouelle doit s'acquitter d'une amende de dix écus.

C'est alors que Guillemette, mère de la victime, poussa un cri.

— Qu'on en finisse ! Nous sommes là pour juger les assassins de ma petite Gertrude.

Ses pleurs émurent la foule, d'où s'échappèrent des « À mort ! À mort ! ».

Le prévôt leva la main pour apaiser le public, puis se tourna vers le chapelet d'inculpés.

— Les accusés ont-ils quelque chose à ajouter ?

David s'avança :

— Sire ! M'accorderez-vous la grâce de parler à mon fils quelques instants avant que...

Après un moment d'hésitation, voyant la foule en haleine, le seigneur de Mondragon acquiesça comme à regret.

— Soit ! répondit-il en accompagnant son accord d'un geste auguste.

Hanin s'approcha timidement.

— Père ! Que vous ont-ils fait ? grimaça-t-il.

— ... Écoute, fils, le temps nous est compté, je vais mourir. Mais toi, ne reste pas ici. Ton oncle te donnera une somme d'argent : quitte ces lieux où notre sort ne fait qu'empirer de jour en jour, gagne Paris, où vit mon frère Isaac. Il est apothicaire, il prendra soin de toi. Peut-être le bon roi Louis est-il plus charitable envers les juifs ? À Paris, tu seras sans doute plus heureux qu'ici, où nous sommes traités comme des chiens.

David n'eut pas le temps d'en dire davantage : d'un geste brusque, un garde vint l'arracher à son fils.

Le prévôt se leva et ânonna la sentence :

— Au nom de la cour de justice : tous les biens des condamnés seront saisis ce jour et distribués aux pauvres. Les coupables ici présents, et qui ont avoué, seront livrés au gibet en punition de leur crime.

On fit monter les inculpés dans les charrettes et, au milieu des bruissements de la foule, la cour se retira. Hanin, qui avait suivi son père du regard jusqu'à ce qu'il eût disparu, se résigna à rejoindre son oncle, le cœur lourd.

Des garnements firent cercle autour de lui.

— Alors, juif, il paraît qu'on ne respecte pas la loi ?

D'un regard furtif, Hanin chercha une issue ;

trop tard ! Ils se jetèrent sur lui et s'acharnèrent. Il sombra dans l'inconscience.

Hanin poussa un gémissement plaintif : son corps tout entier le mettait au supplice, son visage tuméfié lui interdisait d'ouvrir la bouche.

— Ne bouge pas, lui murmura son oncle d'une voix presque inaudible.

Les souvenirs douloureux se bousculèrent dans la mémoire de Hanin, auxquels Simon coupa court :

— Je sais à quoi tu penses... C'est fini. Ton père n'a pas souffert, et il valait mieux que tu n'y fusses pas. C'est un miracle qu'ils ne t'aient pas tué, mais la prochaine fois...

Quelques gouttes d'eau aromatisée humectèrent les lèvres du blessé, qui s'entrouvrirent avec peine.

— Après la mort de ton père, ils ont confisqué tous vos biens. Je n'ai rien pu faire... Maintenant, il faut que tu attendes que tes plaies cicatrisent.

Hanin ferma les yeux, son esprit chercha vainement l'exil : tant de questions se bousculaient dans sa tête, auxquelles il ne pouvait répondre autrement que par la patience...

Progressivement, son état s'améliora...

Le jour du départ arriva enfin. Simon prépara une besace qu'il tendit à Hanin.

— Tiens. Lorsque tu arriveras à Paris, demande Isaac, l'apothicaire. Il t'hébergera.

— Et toi ? Que vas-tu devenir ?

— Ne t'inquiète pas pour moi, va. J'ai ma clientèle, une amie de cœur, ma vie ici. J'ai appris à être prudent... Plus prudent que toi en tout cas !

Ils tombèrent dans les bras l'un de l'autre, s'étreignirent avec force comme si, par instinct, ils savaient qu'ils se voyaient pour la dernière fois.

Simon relâcha son étreinte, accompagna son neveu jusqu'à la porte cochère.

— Allez, file maintenant ! Tu as une longue route à faire.

Ne pouvant se résoudre à quitter la ville sans avoir revu sa maison, Hanin y fit un détour. Il gagna la place de la Fontaine, où des filles remplissaient leurs jarres en bavardant gaiement ; les boutiquiers ouvraient leurs échoppes, les crieurs commençaient leur journée, les rues s'animaient : la vie continuait, insensible à son malheur.

La porte d'entrée avait été fracturée. Hanin se glissa dans la pièce principale ; hormis un broc cassé qui éparpillait ses débris sur le sol de terre battue, rien ne subsistait de leur vie passée.

En levant les yeux, il remarqua leur Mémoire de Fer[9] – trois clous fichés dans une poutre qui commémoraient chacun un événement important : le premier pour sa naissance, le deuxième pour la mort de sa mère, le troisième pour sa *bar-mitsvah*[10].

À l'aide de son couteau, Hanin récupéra les trois clous, qu'il plaça dans sa besace. Puis, le cœur lourd, il s'en alla vers son destin…

---

9. On plantait des clous sur une poutre pour chaque événement important dont on voulait se souvenir. On appelait ce « calendrier » *Mémoire de Fer*.
10. Cérémonie religieuse qui marque l'entrée de l'adolescent de treize ans dans la communauté des adultes.

2

Paris

Hanin avait trouvé une place dans un convoi de marchands itinérants. Après huit jours d'un éprouvant voyage sur les routes pierreuses, le charroi[11] arriva aux abords de la Cité.

Paris la belle, Paris dont il avait tant entendu parler et dont il avait tant rêvé, était à portée de regard.

La Cité avait fait éclater le corset de ses murailles à plusieurs reprises pour élargir son enceinte. Passé ses lourds remparts percés de portes, on était happé par un décor dense qu'étouffait un dédale tortueux de maisons capricieuses et grimaçantes duquel jaillissaient des églises qui dressaient leurs clochers et leurs flèches vers le ciel.

Dans les rues bruyantes et animées, crieurs, marchands ambulants, gens venus de la campagne pour vendre leurs produits enchevêtraient leurs

11. Convoi, groupe de charrettes.

voix dans une confusion singulière. Comme si cela n'y suffisait pas, d'innombrables mendiants se mêlaient à la foule en sollicitant les passants.

— Où as-tu dit que tu allais ? s'enquit le marchand.

— En fait, je cherche l'apothicaire...

Son compagnon de voyage lâcha un rire tonitruant.

— L'apothicaire ? Mais mon pauvre ami, où réside-t-il, ton apothicaire ? Et quel est son nom ? C'est qu'ici, nous sommes dans la plus grande ville du royaume !

— Bernard ! mentit Hanin. Mais je le trouverai. Merci pour le passage !

Il sauta de la charrette, salua le marchand et héla une passante :

— Je cherche Isaac, l'apothicaire...

La femme le toisa un instant puis lui répondit, de manière fort peu aimable d'ailleurs :

— Isaac, dis-tu ?... Tu le trouveras sans doute dans la rue du bout du monde... Demande donc les Champeaux.

D'un doigt pointé, elle lui indiqua la direction :

— Passe par là... longe le quai, puis tourne au pignon, là-bas, en te dirigeant à la flèche de l'église Saint-Eustache, et tu y seras.

Fort de ces explications, Hanin s'engagea dans une rue étroite, sombre et malodorante. Les maisons se rejoignaient par leurs faîtes, comme si elles s'épaulaient l'une l'autre pour ne pas s'effondrer. Partout pataugeaient porcs, oies et poulets laissés en liberté, au milieu des immondices ou des eaux usées que les femmes jetaient par les fenêtres.

À tourner et suivre les flèches des églises, Hanin se fourvoya.

Il décida de rester dans la grand-rue, reconnaissable à la rangée de bornes dressées pour protéger les maisons contre les coups d'essieu des charrettes. Mais la rue s'étrangla ; il se retrouva dans une ruelle étroite, réservée aux seuls piétons, et enfin dans un cul-de-sac.

Un enfant surgit fort à propos d'une arrière-cour.

Dis-moi, peux-tu m'indiquer la flèche de Saint-Eustache ? Je crois que je me suis égaré !

Le garçonnet l'accompagna jusqu'à la croisée de plusieurs rues et le remit sur le bon chemin.

Fatigué, Hanin l'était autant par le bruit que par l'animation ambiants : le long de la Seine, on égorgeait des agneaux ; un peu plus loin, on abattait les bœufs. Il traversa la place du Marché aux Pourceaux, où l'on tuait les porcs. Le sang ruisselait dans le caniveau et les hurlements des bestiaux se mêlaient aux râles d'agonie. Les animaux en attente d'abattoir pataugeaient dans une boue d'urine et d'excréments, propre à provoquer des haut-le-cœur à trois lieues à la ronde.

Un juif, identifiable à sa rouelle, passa devant lui ; ainsi, malgré la bonté légendaire du roi Louis, les juifs étaient ici aussi marqués du sceau de l'infamie ! Hanin l'apostropha.

— Dis-moi, je cherche Isaac, l'apothicaire.

Un coup d'œil furtif sur le cœur de Hanin, là où devait se trouver la rouelle, suffit à faire prendre la fuite au jeune homme. Résigné, il allait reprendre sa marche, lorsqu'une voix lui parvint :

— Tu n'obtiendras rien ainsi !

Hanin fit volte-face.

— Et pourquoi ? demanda-t-il, intrigué, au jeune crieur qui venait de lui adresser la parole.

— Tu interpelles un juif pour lui dire que tu cherches un juif, alors que tu ne portes pas rouelle... Et que lui veux-tu, à cet Isaac ?

— J'ai besoin de le voir pour une affaire urgente, répondit Hanin, méfiant.

Après une vague hésitation, le garçon, qui devait avoir son âge, lâcha :

— Suis-moi.

— Où ?

— Chercher Isaac. N'est-ce pas là ton souhait ?

— Mais on m'a dit qu'il vivait ici.

— Aux Champeaux... Oui... c'est normal... On voit que tu n'es pas d'ici...

Docile, Hanin suivit son guide improvisé de rues en venelles[12] :

— Nous arrivons à la synagogue... Je ne sais pas où il habite, ton Isaac, mais je pense qu'ici on saura te renseigner...

Et comme s'il avait eu soudainement le diable à ses trousses, il détala sans explication.

— Eh ! attends, comment t'appelles-tu ?

L'inconnu cria son nom, mais le roulis d'un chariot de volailles couvrit sa voix ; haussant les épaules, Hanin entra dans la synagogue par une porte dérobée.

Surpris de voir un inconnu avancer dans le couloir sur la pointe des pieds, le rabbin le reçut très sèchement :

— Qui es-tu et que veux-tu ?

— Je me nomme Hanin Ben Meir, je viens de Valréas et je cherche mon oncle Isaac, apothicaire de son état.

Le rabbin pointa sévèrement l'index sur le cœur du jeune garçon :

— Où est ta rouelle ?

— J'ai dû l'abandonner pour voyager en paix.

L'homme à la barbe poivre et sel l'entraîna dans une pièce attenante, fouilla dans une armoire, en sortit deux pièces de tissu jaune.

---

12. Ruelles.

— Pour commencer, tu vas respecter la loi et coudre ça sur ta chemise. Inutile de risquer ta vie.

L'estomac de Hanin, grognant soudainement comme lion en cage, attendrit le rabbin, qui oublia son ton de reproche.

— Mais pour l'heure, allons restaurer ce petit juif affamé…

Après une collation bienvenue, Hanin quitta la synagogue en compagnie du rabbin, qui l'entraîna au cœur de la Cité.

Ils empruntèrent une venelle aux odeurs nauséabondes et débouchèrent dans une arrière-cour paisible. Là, à la lumière du jour, un homme âgé s'affairait, aiguille en main, au milieu d'un amoncellement de chemises et de draps.

— Isaac ?

L'homme releva lentement la tête. À la vue du rabbin, il esquissa un mouvement pour se relever.

— Reste assis, je t'en prie.

Le rabbin poussa Hanin devant lui.

— Ce jeune homme dit s'appeler Hanin Ben Meir, être ton neveu et venir tout droit de Valréas.

Le visage d'Isaac se fendit d'un large sourire.

— Mon frère David habite effectivement Valréas et son fils se prénomme bien Hanin…

Heureux d'avoir été de quelque utilité, le rabbin prit congé.

Le vieil homme cligna plusieurs fois des yeux.

— Approche ! Je suis bien heureux de te rencontrer… Que devient mon cher David ? Est-il ici avec toi ?

Tristement, Hanin déroula son récit, entrecoupé de pleurs, auxquels faisaient régulièrement écho ceux de son oncle. Un long silence endeuillé accompagna leur peine commune ; enfin, Isaac prit son neveu dans ses bras.

— Ma maison est la tienne et je t'accueille comme un fils.

D'un geste, il indiqua le linge qui s'étalait devant lui.

— Et du travail t'attend. Ta vue, n'en doutons pas, est plus aiguisée que la mienne…

Hanin marqua sa surprise :

— Mais je te croyais apothicaire ?

— En son temps, oui. Mais à Paris comme ailleurs, les juifs n'ont plus le droit d'exercer ce métier. Alors, me voilà devenu tailleur par la force des choses !

Hanin ne pouvait pas être déçu : ce métier lui semblait agréable, comparé à celui de fouleur ou de tanneur. Il sourit et lâcha avec entrain :

— Moi, ça me convient !

— Alors, nous voilà heureux !

Le jeune garçon ouvrit sa besace, y plongea la main et en sortit les clous qu'il avait rapportés de Valréas.

— C'est tout ce qui me reste de mon passé…

Son oncle se contenta de sourire en hochant la tête.

— Le drame que tu as vécu te donne le droit, je crois, de composer ta Mémoire de Fer avec les événements de ta propre vie. Car, désormais, c'est toi qui deviens maître de ton propre destin.

Il chercha un marteau et une boîte contenant quelques clous neufs, qu'il tendit à Hanin.

D'abord hésitant, le garçon choisit un emplacement pour les planter un à un :

— Pour ma mère… Pour mon père… Et pour toi, qui m'accueilles comme un fils…

Après avoir fait un peu de place au nouvel arrivant, Isaac lui proposa de sortir.

— Je dois me procurer des boutons, et aussi des lacets, pour finir cet habit ; ce sera pour toi l'occasion de découvrir la Cité.

Cet intermède, bienvenu pour Hanin, lui donna des ailes.

— J'ai déjà vu la synagogue. Il y a une synagogue à Paris, mon oncle !

— Je sais, je sais… Il y en avait même deux avant.

— Avant ? Avant quoi ?

— Avant qu'on nous la confisque pour la transformer en église chrétienne, répondit Isaac avec résignation.

Le sol, encore gorgé de pluie, laissait courir ses filets d'eau boueuse auxquels les détritus faisaient barrage.

Enjambant ces cloaques[13], Isaac et Hanin parvinrent sur une petite place où des femmes vantaient les mérites de leurs denrées – ail, miel, cerfeuil, salade, beurre, lait – dans une cacophonie telle qu'on ne distinguait plus ce que disait l'une ou l'autre.

Un crieur arriva en scandant :

« *Charbon, le sac un denier,*
vous en trouverez à volonté
à l'enseigne du Pied-Percé,
chez Gaspar le charbonnier. »

Reconnaissant en lui son guide improvisé du matin, Hanin l'interpella.

Le crieur esquissa un sourire, qui mourut immédiatement sur ses lèvres en découvrant la rouelle sur la poitrine du jeune juif. Feignant de ne pas l'avoir reconnu, il poursuivit sa criée :

« *Charbon, le sac un denier,*
vous en trouverez à volonté
à l'enseigne du Pied-Percé,
chez Gaspar le charbonnier. »

Les bras ballants, Hanin le regarda s'éloigner. Isaac, qui avait remarqué le trouble de son neveu,

13. Égouts, bourbiers.

l'entraîna dans la rue de la Petite-Bouclerie, où les marchands étalaient boutons, boucles et fermoirs sur la tablette prolongeant la fenêtre de leur atelier.

Apparemment coutumier des lieux, Isaac s'entretint quelques instants avec l'artisan avant de faire son choix.

Sa petite mercerie acquise, il proposa à son neveu de faire un détour. Hanin n'avait jamais vu autant de drapiers, d'orfèvres, d'armuriers, de fabricants de meubles ou d'objets de luxe. D'un étal à l'autre, il progressait, lui semblait-il, dans une grotte merveilleuse.

Le trémolo funèbre d'une cloche fit provisoirement taire tout le monde. D'une voix lugubre, un crieur proclama :

« Arrêtez-vous, gens qui marchez, priez Dieu pour les trépassés. »

Chacun se signa sur le passage du cortège funèbre, marquant une pause dans sa course. À peine la procession eut-elle disparu au coin de la rue que le brouhaha reprit de plus belle.

Hanin et Isaac traversèrent le parvis de la cathédrale Notre-Dame, où un homme, installé sur un tapis bariolé, racontait à un auditoire conquis son voyage en Orient. Çà et là, des mendiants faisaient escorte aux passants, le temps de solliciter leur charité. Assis sous le porche de l'Hôtel-Dieu, un lépreux impassible devant sa sébile[14] émut Hanin.

— Mon oncle, ce malheureux me rappelle Bertrand, un lépreux de Valréas qui, un jour, a fait fuir des garnements qui m'agressaient.

Isaac porta la main à sa bourse et donna son obole.

Soudain, une femme en guenilles, sortie d'on ne sait où tel un diable de sa boîte, se précipita sur lui et lui cracha au visage.

— Regardez-moi ça : la pourriture nourrit la pourriture…

Un autre gueux s'approcha, menaçant :

— Sale porc ! C'est aux Champeaux que tu devrais être ! C'est là-bas que vivent les animaux de ton espèce.

La femme bouscula Isaac en beuglant :

— Sus aux juifs qui ont assassiné le Christ !

— Oui, c'est les juifs qui ont mis en croix Notre-Seigneur ! renchérit un autre.

Le vieux tailleur trébucha sur un goret, la toile contenant ses achats tomba, boucles et boutons se répandirent sur le sol. Une nuée de chenapans, qui n'attendaient que pareille occasion, se ruèrent comme un essaim d'abeilles et ramassèrent les objets éparpillés dans le caniveau.

14. Coupelle.

Alors que Hanin se précipitait pour porter secours à son oncle, un garçon lui assena un grand coup de pied, sous les vivats de quelques badauds qui braillaient :

— Aux Champeaux, aux Champeaux !

Hanin se releva et, sous les quolibets, il aida son oncle à se remettre sur pied. Tête baissée, crottés, humiliés, ils rebroussèrent chemin et se hâtèrent de rentrer chez eux. La porte fermée, ils se débarrassèrent de leurs vêtements sales et se lavèrent.

— Pourquoi tout le monde parle-t-il des Champeaux, mon oncle ?

— Les Champeaux, c'est la rue du bout du monde, où aboutissent les égouts de la Cité ; c'est là que se tient le marché aux cochons, lâcha Isaac avec résignation.

Nerveusement, Hanin chercha une chemise neuve parmi celles que son oncle avait confectionnées.

— Que fais-tu ?

Hanin enfila l'habit.

— Je refuse de porter la rouelle à partir d'aujourd'hui.

Affolé, Isaac lui fit signe de baisser le ton et souffla :

— Tu es fou ! Sais-tu ce qu'il en coûte ?

— Oui, je sais ce qu'il nous en coûte d'être

juifs, mon père en est mort. Ici, personne ne me connaît et je tente le sort.

Son air résolu désarma son oncle, qui se remit à l'ouvrage en ronchonnant.

Gêné par le ton mordant qu'il venait d'adopter, Hanin observa le vieil homme, penché au-dessus d'une pièce de tissu. Sa voix se fit plus affable :

— Je regrette, mon oncle ; tu dois me trouver bien ingrat... M'apprendras-tu à coudre ?

— On verra plus tard... Pour le moment, il m'arrangerait que tu livres cet habit.

Son neveu s'approcha du surcot, palpa le velours dans lequel il avait été façonné.

— Quelle merveille ! Tu as des doigts d'or. Quel noble seigneur le portera ?

— C'est notre médecin. Tu le trouveras dans le passage de la grosse chaîne. Pour éviter de te perdre, repère-toi à la flèche de l'église Saint-Pierre-aux-Bœufs, puis longe la Seine jusqu'à la tour Barbeau.

Hanin enveloppa l'habit avec la plus grande précaution et sortit.

À l'entour de Notre-Dame, les commères vendaient lait, cresson ou beurre frais sur la place, chassant chiens errants et gorets venus chaparder quelque nourriture.

Comme fil conducteur, Hanin suivit le cours du fleuve jusqu'à la tour Barbeau et s'engouffra dans le passage où habitait le médecin.

L'homme, qui arborait la rouelle, détailla l'habit avec satisfaction. Sans en demander davantage, il paya son dû et retourna à sa clientèle.

Hanin mit les quelques pièces dans sa besace et revint sur ses pas.

Au détour d'une rue, il tomba nez à nez avec le crieur. Il le fixa longuement, se demandant s'il allait encore l'éviter comme tantôt, voire le dénoncer. Le jeune garçon s'approcha de lui, un peu gêné.

— Je regrette, pour ce matin. Mais tu sais bien…

Du regard, il avait désigné la rouelle absente.

Hanin ne répondit pas. Au fond, pouvait-il en vouloir à un chrétien d'éviter un juif ? La loi même le leur imposait.

— J'ai fini ma criée. Si tu veux, on fait quelques pas ensemble ?

Trop heureux de pouvoir parler librement à un jeune de son âge, Hanin acquiesça d'un signe de tête. Ils restèrent un long temps silencieux, aussi gênés l'un que l'autre.

— Je m'appelle Côme, trancha enfin le crieur.

— Et moi, Hanin… *(Il rit.)* Heureusement que je te rencontre, je crois bien que je me suis encore perdu !

Ils déambulèrent dans les rues et, à proximité du Grand Châtelet, aboutirent sur une berge sablonneuse descendant vers les roseaux du fleuve, où ils s'installèrent.

— Ici nous serons mieux pour parler librement, proposa Côme.

Durant le long silence qui accompagne les hésitations timides du premier contact, Hanin observa son compagnon : brun comme lui, il avait également même taille et même carrure.

Se sentant épié, Côme lui offrit son visage hâlé.

— Qu'est-ce qu'il y a ? demanda-t-il naïvement.

— Rien... Je... je me demandais ce qui nous différencie, toi et moi, sinon notre foi.

Gêné par cette remarque directe, Côme rougit et fixa son regard sur les bateaux au déchargement. Puis, comme s'il avait trouvé la réponse, il le dévisagea et répondit :

— La couleur de nos yeux : les miens sont verts, les tiens très noirs.

Ils se mirent à rire, la glace était rompue.

— Tu es à Paris depuis peu, n'est-ce pas ? interrogea Côme.

D'emblée, et en toute confiance, Hanin lui livra son histoire, sa vie à Valréas, la mort de son père, sa fuite, enfin son arrivée chez son oncle Isaac.

— Et toi ?

Côme tendit l'index.

— Regarde, je vis outre-pont, là, au milieu des vignes, avec mon père, ma mère et mes trois sœurs.

— Trois ? Quelle chance tu as. Moi, je n'ai pas eu le temps d'avoir des frères et des sœurs !

— Si tu veux, je te prêterai les miennes, répartit Côme avec humour.

— Me les présenteras-tu un jour ?

Côme esquiva le regard insistant de Hanin et le fixa sur les galées[15], qui se frayaient un chemin entre les bateaux-lavoirs et les bateaux-moulins, dans le sillage desquels les pêcheurs ramenaient leurs filets.

— Tu sais, j'aimerais bien, mais...

— Mais je suis juif !

La cloche sonna l'angélus ; les deux garçons se levèrent et, en silence, revinrent sur leurs pas. Les artisans avaient cadenassé leurs boutiques, les rues s'étaient soudainement vidées, les femmes étaient rentrées avec leur marmaille, les crieurs s'étaient tus. En peu de temps, un morne silence avait succédé à l'activité bruyante de la journée.

— Bon, bien... je dois y aller, marmonna Côme.

— D'accord. À Dieu. Nous verrons-nous demain ? Où travailles-tu ? questionna Hanin d'une voix impatiente.

— Je crie les nouvelles de la prévôté, mais je travaille aussi pour un charbonnier et pour un

15. Embarcations de commerce.

drapier. Alors, je vais et je viens dans les rues. Peut-être m'y rencontreras-tu au hasard d'une promenade ou d'une course mais…

Côme s'interdit de poursuivre, il savait que Hanin avait compris. Son silence signifiait « mais si tu portes rouelle… ». Ils s'adressèrent un regard entendu, scellant un accord tacite[16], avant de se séparer.

Tandis que Côme courait pour traverser le pont, Hanin resta là, figé, suivant le chrétien d'un regard mélancolique. Puis il fit les quelques centaines de mètres qui le séparaient de la maison d'Isaac.

— Oh, mon oncle, je me suis déjà fait un ami… Et c'est un chrétien !

Isaac rangea son matériel, visiblement blasé.

— S'il t'adresse la parole, c'est qu'il est aussi fou que toi !… Allons, aide-moi à préparer notre marchandise : la foire du Lendit[17] arrive à grands pas.

— La foire du Lendit ! Oh, mon oncle ! Combien de fois ai-je rêvé de m'y promener un jour, lorsque je vivais à Valréas ! Et enfin j'y suis ? C'est trop beau…

Isaac haussa les épaules :

16. Sous-entendu, inexprimé.
17. L'une des deux plus grandes foires de Paris, qui se tenait au mois de juin et durait quinze jours.

— Oui, mais nous, nous ne nous y promènerons pas comme deux châtelaines à la recherche d'une pelisse ou d'un ouvrage d'orfèvrerie. Nous y vendrons nos draps.

La ville tout entière afflua dans la rue de Saint-Denis pour prendre part à la grande foire annuelle du Lendit. Partout on exposait, non seulement les produits des boutiques de la capitale, mais également toutes les denrées venues de l'étranger. Au sein de cette messe commune, grâce aux marchands qui gagnaient Paris pour l'occasion, on trouvait tout ce que l'on cherchait vainement le reste de l'année et qui se fabriquait ailleurs.

Les juifs étaient autorisés à exposer et vendre, à condition de préciser « vin juif », « viande juive », « fromage juif » sur leurs produits et de se cantonner à la place qui leur était assignée.

Dans les rues et sur les places, ménestrels et saltimbanques attiraient les badauds venus applaudir leurs pitreries ou les prouesses d'animaux savants. On suivait les pirouettes des funambules ou l'adresse des jongleurs. Les pâtissiers confectionnaient gaufres et confiseries, dont le parfum enivrant courait les ruelles et faisait oublier, pour un temps, les odeurs coutumières. À la criée, les faux médecins vendaient des herbes ou des potions miraculeuses, sorties tout droit du secret de leurs laboratoires. Ivres de liberté, les enfants parcouraient les rues, jouaient aux échasses, aux billes ou aux dés.

Comme tous les autres fripiers juifs, Isaac avait installé son éventaire aux Halles, contre le mur du cimetière des Innocents.

En repos de criée, Côme s'approcha timidement de leur étal ; il salua Isaac avant de demander :

— Hanin pourra-t-il se libérer quelque temps ?

L'intéressé lança un regard suppliant à son oncle.

— Emmène-le sur-le-champ, sinon je n'aurai pas la paix, répondit le vieil homme, visiblement de bonne humeur.

— Tu es sûr, mon oncle, que mes bras ne te manqueront pas ?

— Mais non, j'ai l'habitude, tu sais... Va t'amuser !

Trop heureux, Hanin suivit Côme, non sans avoir au préalable offert à son oncle un regard débordant de reconnaissance.

Les deux garçons longèrent l'église de Saint-Innocent, bordée de part et d'autre par le cimetière du même nom, dans lequel les marchands débitaient leurs denrées, disputant la place aux animaux.

Un homme de haute stature, dont le visage avait les aspérités d'un rocher, les croisa.

— Papa ? interjeta Côme, comme s'il était pris à défaut. Je te présente Hanin...

Le regard de l'homme glissa sur Hanin sans lui accorder plus d'attention.

— Viens... suggéra Côme, aussi gêné que Hanin par l'attitude glaciale de son père.

Ils revinrent sur leurs pas, soudainement indifférents à l'effervescence des rues.

— Tu veux que je t'emmène outre-Petit-Pont ? proposa Côme pour dissiper le malaise.

Hanin improvisa un sourire forcé.

Ils gagnèrent les berges de la Seine où ils admirèrent un moment les galées chargées à fond de cale des marchandises les plus variées que les bateliers, comme des fourmis laborieuses, déchargeaient sur la grève.

Ils empruntèrent le pont de bois, longèrent l'un des deux cimetières juifs de la capitale et traversèrent des clos dépourvus d'habitations.

Hanin marchait fièrement aux côtés d'un chrétien, lui, le petit juif de Valréas.

Côme lui indiqua une bâtisse sobre :

— Ici est l'école de... heu... de ta religion.

— La *Yeshiva*[18] ? rectifia Hanin.

— Oui, je crois que c'est un nom comme ça... On raconte une drôle d'histoire à propos de Yéhiel, le rabbin qui la dirige...

---

18. École où l'on étudie et enseigne les commandements de la religion juive.

Il n'en fallut pas davantage pour tenir Hanin en haleine. Il pressa Côme de poursuivre.

— Yéhiel possède une lampe mystérieuse, qu'il aurait fabriquée lui-même. On dit que cette lampe, allumée le vendredi soir à l'entrée du *shabbat*, brûle toute la semaine sans huile. Tu penses bien que tous les curieux se pressaient à sa porte pour percer son secret ! Comme Yéhiel en avait assez de tous les garnements qui tentaient d'entrer chez lui, il a fabriqué une serrure tout aussi mystérieuse, qui ferait tomber au centre de la terre quiconque essaierait d'ouvrir la porte.

Il s'arrêta, reprit son souffle et regarda alentour, comme s'il craignait de voir apparaître le diable. Hanin, abasourdi et les poils hérissés, le questionna :

— Et tu l'as vue, cette lampe ?

Ils étaient parvenus dans la rue Coupe-Gueule, un passage sombre qui, sans nul doute, méritait bien son nom.

— Alors ? Tu l'as vue cette lampe ? insista Hanin.

— Non, personne n'a jamais réussi à percer son mystère... C'est ici que j'habite.

Hanin détailla la petite maison devant laquelle ils venaient de s'arrêter. La porte était ouverte et Hanin mourait d'envie d'y entrer, de voir en quoi un intérieur chrétien pouvait différer d'un intérieur juif.

Côme, d'abord hésitant, proposa :

— Viens !

Hanin ne se fit pas prier. Ils pénétrèrent dans le logis dont le mobilier se résumait à un lit, une table, quelques escabeaux et un poêle. Dans un coin de la pièce, sur le sol jonché de paille, deux fillettes jouaient avec une poupée de bois ; elles accueillirent les arrivants par des effusions de joie. Côme s'agenouilla et se laissa câliner tout en présentant ses sœurs :

— Voici Marthe et Ondine.

L'une des deux marchait depuis peu, l'autre avait presque leur âge.

Une fille entra en chantonnant, une cruche calée sur la hanche.

— De l'eau fraîche pour…

En apercevant Hanin, elle suspendit son geste et son sourire mourut sur ses lèvres. Elle posa rudement la dame-jeanne sur la table, puis s'approcha de son frère et lui souffla en aparté :

— Tu es fou de te commettre jusqu'ici avec un juif !

Côme ne répondit pas à sa sœur, tout du moins Hanin n'entendit-il pas sa réponse.

La réflexion, acerbe, le ramena brutalement à sa condition et la honte le submergea. Il sortit de la maison, la tête enfoncée dans les épaules.

Son ami le rattrapa :

— Je suis sincèrement désolé par le comportement de ma sœur… Je crois qu'Yvelise n'a rien contre toi, elle a seulement peur.

— Ne t'inquiète pas, je comprends... Je dois m'en retourner à présent. Merci pour la promenade !

Hanin le planta là et s'enfuit comme s'il cherchait à semer son ombre. La Cité en effervescence l'aspira, mais le cœur n'y était plus : Yvelise avait gâché sa journée.

Anéanti, Hanin longea les étals et revint dans la partie réservée aux juifs. À la vue de son oncle, ratatiné par les années de labeur, son orgueil reprit le dessus et il s'inventa un sourire insouciant. Isaac l'accueillit avec bonhomie.

— Alors ? As-tu fait bonne promenade ?

— Très belle, mon oncle, très belle... Mais attends que je t'aide un peu...

Pour gommer sa peine et son humiliation, Hanin se laissa griser par l'effervescence de la foire : les bourgeois arborant coiffes élégantes et vêtements exotiques accomplis dans les brocarts les plus voluptueux côtoyaient les matrones vêtues de tissus épais et peu élégants, les écoliers désargentés ou les chenapans prêts à saisir la moindre occasion.

Dans cette foule d'anonymes apparut soudain le visage familier de Côme. Dansant d'un pied sur l'autre, il resta à l'écart, attendant visiblement que Hanin le rejoigne. Aussi gêné que lui, ce dernier contourna l'étal de son oncle.

— Je suis vraiment désolé... tu sais, pour tout à l'heure...

— J'ai l'habitude, va, alors oublions ça ! répondit tristement Hanin.

— J'aimerais vraiment qu'on devienne amis.

— Moi aussi…

— On fait un tour ? proposa timidement Côme.

Hanin se tourna vers son oncle. Comme s'il avait entendu leurs propos, celui-ci lui donna congé d'un geste vif.

Les deux garçons déambulèrent silencieusement devant les terrasses des tavernes, où les vins aromatisés coulaient à flots, répandant leurs suaves nectars. Les filles étaient belles dans leurs atours légers, son nouvel ami se tenait à ses côtés, le monde était à nouveau ouvert à Hanin.

Durant les quinze jours que dura la foire, les deux amis prirent l'habitude de se retrouver chaque jour sur la berge. Là, ils se racontaient leur journée, partageaient leurs rêves, leurs joies, leurs peines.

Comme une belle parenthèse, la fête du Lendit prit fin ; marchands, étrangers, baladins se dispersèrent et disparurent comme par enchantement. Chacun revint à son quotidien, la Cité retrouva son espace et ses habitudes. Dans le tumulte de la foire, un juif et un chrétien avaient noué une belle amitié…

3

Ciel de plomb

À l'occasion des vendanges, les clos du pays latin se transformèrent en une immense ruche bourdonnante. Les files de valets arpentaient incessamment les vignes pentues pour déverser leurs hottes dans les charrettes, qui à leur tour accomplissaient leur inlassable va-et-vient jusqu'au pressoir, nimbé d'une odeur capiteuse. Sur les places de Paris, où la main-d'œuvre s'embauchait à la journée ou à la semaine, l'effervescence battait son plein.

Assis sur le quai, en contrebas de Notre-Dame, Hanin contemplait ce spectacle avec des yeux gourmands. Un soir, n'y tenant plus, il risqua la question :

— Mon oncle ? J'aimerais bien faire les vendanges...

Le regard appuyé d'Isaac fit mourir la fin de la phrase sur ses lèvres.

— C'est interdit aux juifs, tu le sais... crut bon d'ajouter le vieil homme, après un long silence.

— Mais pourquoi un juif ne serait-il pas autant capable qu'un chrétien de cueillir des grappes ?

— Parce qu'il empoisonne le raisin au contact de ses mains, comme tout ce qu'il touche ! Tu devrais le savoir, depuis le temps...

— Sans rouelle, personne n'en saurait rien, et cet argent serait le bienvenu.

— Ne tente pas le diable ! répondit simplement Isaac.

Hanin baissa la tête et plia docilement les vêtements épars sur la table de travail.

Il se présenta pourtant le lendemain à la bourse des journaliers et fut embauché sur l'heure.

Tout à sa liesse, il se mêla à la marée humaine des travailleurs, perçut panier et sécateur avant de se lancer avec zèle dans son nouveau labeur. Désireux de se fondre dans la famille des vendangeurs, il chanta à l'unisson et sectionna les grappes avec entrain, riant avec l'un, aidant tel autre quand le besoin s'en faisait sentir.

À l'issue de la journée, il salua Jacques, Marie et Benoît, ses compagnons de hotte. Fourbu mais fier, heureux de s'être ouvert à de nouveaux amis, il dévala la montagne Sainte-Geneviève et se dirigea vers la berge de la Seine. Sur le marché de la place Maubert s'entassaient châtaignes, champignons, bûches, mottes à brûler, noisettes et grappes de raisin. Heureux d'avoir vécu cette grande communion, il s'arrêta devant un étal, humant les parfums subtils de l'automne. Dans sa griserie, il n'avait pas remarqué le maraîcher, planté face à lui, les poings sur les hanches, qui le dévisageait depuis quelque temps.

— Dis donc, toi... ta tête ne m'est pas inconnue !...

La main subitement posée sur son cœur, là où était absente la marque d'infamie, rendit la mémoire au commerçant.

— Ça y est ! À la foire du Lendit... dans la partie réservée aux juifs ! Regardez-moi ces gorets. Ils ne portent même pas rouelle. Comment voulez-vous qu'on les reconnaisse ?

— Assassins du Christ ! cria un badaud.

Quelques vauriens, qui traînaient partout où une bonne occasion pouvait se présenter, profitèrent de l'aubaine : l'un jeta une pierre à Hanin, l'autre bouscula intentionnellement une commère tandis que deux complices se servaient sur l'étal et détalaient prestement. On cria au voleur, on se bouscula encore et Hanin, sans avoir eu le temps de réaliser ce qui lui arrivait, reçut une bastonnade ; un coup assené au crâne lui fit perdre connaissance.

La tenaille du froid matinal mêlée à la souffrance tira progressivement Hanin de ses limbes. Où était-il ?

Dans un effort, il se redressa et s'appuya sur un coude ; autour de lui, un terrain vague étalait quelques sépultures qui se découpaient dans le jour naissant : on l'avait jeté comme un chien dans le cimetière aux juifs. Il se recroquevilla et, découragé, implora le ciel d'ardoise. Puis, transi de faim, de fatigue et de froid, il pleura longuement... Enfin, il serra les mâchoires et se releva.

Un âne indolent qui se repaissait près de l'église des Chardonnets le gratifia d'une œillade pleine de douceur ; Hanin s'en approcha, lui caressa tristement le museau.

— Même toi, animal le plus stupide de la création, tu es mieux traité qu'un juif !

En attendant l'ouverture des portes de la Cité, Hanin s'assit sur un promontoire et observa avec nostalgie les vignes désertées qui alignaient leurs pieds en files parfaites. Lui qui l'avait tant souhaité, qui s'en était senti capable, savait qu'il ne ferait plus partie de ce groupe d'abeilles laborieuses, qu'il ne chanterait plus ni ne participerait à la grande fête des Vignes qui clôturait les vendanges.

Le cor du Châtelet, qui annonçait la fin du guet de nuit et l'ouverture des portes de la Cité, vrombit bruyamment. Réalisant que son oncle devait être mort d'inquiétude, Hanin gagna le pont. En chemin, il tomba par hasard sur Côme, qui se décomposa d'effroi.

— Mon Dieu, mais que t'est-il arrivé ?

Le silence de Hanin, les meurtrissures qui maculaient sa peau lui firent appréhender la triste réalité. Il grimaça :

— J'ai mal pour toi… Pourquoi ne veux-tu pas porter rouelle ? Après tout…

— Tu ne peux pas comprendre !… Tu serais heureux, toi, si on obligeait tous les chrétiens à porter une pancarte sur la poitrine ?

Comme s'il avait réfléchi de longue date à toutes les éventualités, Côme renchérit :

— Pourquoi alors ne pas te convertir ? Le roi Louis offre même une rente…

— Je ne veux pas être payé pour ma foi. Pour qui me prends-tu ?

Son ami piaffa d'impatience.

— Au moins tu serais libre et l'on pourrait se fréquenter à la face des gens. Regarde-toi ! Un jour on retrouvera ton cadavre dans la fosse aux chiens, ou alors à Montfaucon[20].

Les premiers cris de Paris, qui annonçaient l'ouverture des bains publics, obligèrent Côme à prendre congé de son compagnon.

20. Le plus terrible gibet de Paris.

— On se voit ce soir, dis ? demanda Hanin, anxieux.

Après un signe discret de la main, Côme s'éloigna en criant : « *Arrivage de draperies au port des Templiers, vite, bourgeois et seigneurs, ou votre tour va passer !* »

Le cœur lourd, Hanin laissa flâner son regard outre-Petit-Pont. Le spectacle de la campagne opulente, rehaussée par les couleurs flamboyantes de l'automne, lui vrilla le cœur. L'odeur âcre du raisin fermenté qui se dégageait du pressoir royal lui rappela la fin de son beau rêve. Il se ressaisit et reprit son chemin : pour l'heure, il lui restait à affronter les reproches douloureux de son oncle et se remettre à l'ouvrage à ses côtés.

Occupé à tailler un surcot, Isaac releva la tête à l'arrivée de son neveu et le toisa. Malgré son regard fiévreux, qui trahissait l'angoisse d'une longue nuit blanche, il ne dit rien, ne posa aucune question, ne fit aucune remontrance. Il laissa Hanin prendre place face à lui. Le silence pesant se liquéfia progressivement, comme s'il devenait évidence, et l'on n'entendit bientôt plus que le cliquetis des ciseaux.

Soudain, on tambourina à la porte avec brutalité. Isaac, prêt à sursauter à la moindre chute d'aiguille, jeta à son neveu un regard où la panique se mêlait à l'interrogation. Lui faisant signe de se taire, il alla ouvrir.

Côme, car c'était lui, s'engouffra dans leur cour. Pensant à une visite amicale, Hanin se leva ; mais d'un geste de la main, le crieur le stoppa dans son élan et, s'adressant davantage à Isaac qu'à Hanin, il annonça :

— Je n'ai pas beaucoup de temps. Je viens du Parloir aux Bourgeois[21], où je suis allé prendre mes criées… J'ai entendu dire que Notre Très Saint-Père le pape a adressé une lettre à tous les seigneurs de France, ordonnant la saisie de votre Livre saint.

— Le *Talmud*[22], précisa Isaac.

— Oui… On dit que le pape ordonne la confiscation de tous les exemplaires présents sur le royaume de France.

Puis, se tournant vers Hanin comme si le message lui était personnellement destiné :

— Il précise à nouveau l'obligation de porter la rouelle… Tous les crieurs publics vont être chargés de propager la nouvelle. Il est également dit que les deux cimetières juifs devraient prochainement être déplacés pour plaire au projet du roi de faire construire outre-Petit-Pont plusieurs collèges.

21. Confrérie des Marchands de l'Eau, qui avait en main tout le commerce des denrées arrivant par la Seine et qui siégeait en un lieu appelé « Parloir aux Bourgeois ».
22. Littéralement : « enseignement ». Livre de commentaires sur l'enseignement religieux du judaïsme.

Le regard de Côme s'immobilisa sur un objet inconnu de lui.

— Quel beau chandelier !

— C'est la *menorah*, rectifia Isaac, chandelier à sept branches qui fait partie de notre culte.

— Ah ! répondit simplement Côme, circonspect. Je dois retourner à mes criées, à présent.

Hanin le raccompagna.

— Merci de nous avoir prévenus, dit-il reconnaissant.

— Bah ! de toute façon, vous l'auriez su tôt ou tard...

Quand il fut parti, Hanin se mit à harceler son oncle de questions :

— Tu penses que c'est sérieux, toutes ces lois sur les juifs ?

— Ce ne sont peut-être que des rumeurs... répondit Isaac. Pour le moment, il te reste à terminer ton travail, alors ne rêvasse pas.

Hanin reprit sa tâche là où il l'avait laissée, ou du moins baissa-t-il pudiquement les yeux pour ne pas voir une larme couler sur la joue d'Isaac.

Après un long silence, son oncle posa ses ciseaux et se leva gauchement.

— J'ai une course à faire. Je sors un moment.

Son neveu, qui n'était pas dupe, le fouilla d'un regard inquisiteur et prévint :

— Fais attention…

Isaac se figea un instant avant de répondre, non sans ironie :

— Ça te va bien de dire ça !

Resté seul, Hanin se posa mille questions : pourquoi s'en prendre au Talmud ? Pourquoi vouloir confisquer leurs cimetières ? Pourquoi tant de haine à l'encontre des juifs ? Aucune d'elles, il le savait, ne trouverait de réponse. N'y tenant plus, il se leva et sortit à son tour.

Déambulant à la recherche de Côme, il longea la Seine, qui coulait entre ses rives basses et verdoyantes, marquées çà et là par la tache fauve d'une plage ou d'une grève.

« Faites place à la charrette des condamnés, afin qu'ils soient livrés au gibet ! »

Les passants s'écartèrent et suspendirent un instant leurs bavardages. Les familiers et quelques badauds suivaient la procession, en route vers les fourches[23] de Montfaucon. Irrité de n'avoir pas trouvé son ami et espérant le rencontrer peut-être sur la route du gibet, où il ne s'était pas encore engagé, Hanin se laissa emporter par le triste cortège.

Selon le rituel du dernier voyage à Montfaucon, l'équipage et son escorte firent halte devant le

23. Le gibet avait plusieurs piliers, appelés « fourches » ou « fourches patibulaires ».

couvent des Filles-Dieu. Une sœur s'avança et tendit un crucifix aux condamnés, qui le baisèrent ; après quoi, deux autres leur offrirent trois morceaux de pain et un gobelet de vin.

Le cortège reprit sa route vers les fourches patibulaires. De loin, on pouvait voir les corps, retenus par une chaîne suspendue à chaque pilier ; les jours de grand vent, on pouvait même les entendre s'entrechoquer dans un bruit sourd.

Quel destin avait conduit ses pas ? Hanin en était à se le demander lorsque, soudain, il sentit tous les poils de son corps se hérisser ; là, exposé aux vents, pendait le corps de Salomon, un voisin de son oncle. Pris d'un haut-le-cœur, il rebroussa chemin en titubant. Le vent d'ouest semblait le suivre, entraînant dans son sillage la pestilence des cadavres.

Il se précipita dans l'atelier d'Isaac, qui était rentré avant lui ; ce dernier, voyant le visage défait de son neveu, lui donna promptement un siège.

— Que t'arrive-t-il ? Tu es blanc comme la toile de mes draps.

Avare de mots, Hanin lui relata sa macabre découverte.

— Mais de quoi Salomon s'est-il rendu coupable ? demanda le tailleur d'une voix chevrotante.

— Je l'ignore ! répondit tristement Hanin.

Le vieil homme s'assit, se releva, tourna comme un lion en cage. À bout de patience, il sortit en claquant la porte. Hanin lui emboîta le pas et partit à la recherche de Côme ; il lui rapporta les événements dont il venait d'être témoin.

— Je vais me renseigner demain, proposa son ami. Mais tu sais, à l'allure où vont les supplices, on ne suit plus la cadence. Regarde !

D'un doigt tendu et pour appuyer ses dires, Côme lui indiqua la petite place où fumait encore un bûcher.

— Je m'en retourne, dit Hanin ; peut-être mon oncle aura-t-il appris quelque chose.

Curieusement, la maison était déserte. Hanin attendit, guettant les allées et venues à travers les volets entrouverts ; mais la nuit tomba sans qu'Isaac soit rentré.

Le jeune juif ouvrit la fenêtre pour mieux prêter l'oreille aux bruits de la rue, étala une toile sur le sol et s'allongea, le nez planté dans les étoiles.

Après une nuit sans sommeil, trépignant d'impatience, il courut à la rencontre de Côme dès l'ouverture des portes de la Cité.

— Mon oncle n'est pas rentré cette nuit, je suis tellement inquiet ! Comment le retrouver ?

— Je vais voir si je peux glaner quelque information... Retrouvons-nous devant Saint-Eustache après ma première criée.

Hanin lui adressa un regard où s'ébattaient reconnaissance et fatalité.

— En attendant, retourne chez toi ; ton oncle sera peut-être rentré entre-temps, crut bon d'ajouter son ami.

Ni l'un ni l'autre, pourtant, n'était dupe…

Arrivé aux abords de la maison d'Isaac, Hanin remarqua une animation peu coutumière. À l'affût, il se faufila le long d'un mur et passa la tête par une lucarne donnant sur leur réserve.

— Regardez, si ce n'est pas un sorcier ! déclara le chef de la garde en montrant les clous plantés dans une poutre.

Hanin reconnut sa Mémoire de Fer mais n'osa pas intervenir. Il s'esquiva, se dilua dans la foule et gagna Saint-Eustache pour y attendre son ami, qui arriva enfin ; mais son visage grave, son regard tristement désolé n'auguraient rien de bon.

— Les gardes de la prévôté auraient arrêté ton oncle à Montfaucon. On l'accuse de s'être rendu au gibet pour arracher des morceaux d'étoffe et des lambeaux de chair aux cadavres.

Hanin s'emporta.

— Mais c'est faux ! Tu sais que mon oncle n'est pas un jeteur de sorts !

— Je le sais bien… Et puis, il y a aussi les clous…

— Les clous ? Mais ce n'est qu'une Mémoire de Fer ! Je vais aller trouver le roi Louis, lui expliquer et implorer son pardon…

— J'ai bien peur que ta démarche soit vaine ! Va plutôt voir où l'on inflige châtiment.

Hanin se mit à courir comme un dératé ; comment venir à bout de tous les gibets ? Et par lequel commencer ? Il courut de Saint-Germain-des-Prés à Saint-Martin-des-Champs, du port Saint-Landry à l'échelle du Temple, de la place de la Grève à Saint-Victor. Partout, on pendait, décapitait, suppliciait, sans qu'à aucun de ces endroits il trouvât trace de son oncle. À bout de souffle, il remonta la montagne Sainte-Geneviève jusqu'à l'abbaye, derrière laquelle les Frères mineurs rendaient justice, et se fraya un passage dans la couronne de badauds. Quatre Frères mineurs faisaient face à quatre juifs, parmi lesquels Hanin reconnut son oncle. Son cœur se crispa douloureusement.

« Oh, non, pas lui, Seigneur, pas lui ! »

Il arrivait au moment où tombait la sentence :

— Les jeteurs de sorts ont profité de l'obscurité pour dépecer les cadavres de Montfaucon, ceci afin de pourvoir à leurs remèdes diaboliques. Chez eux, nous avons même retrouvé des clous blasphématoires ! Oui, les clous que les juifs plantent en vue de lancer des sorts, et aussi pour se moquer de la crucifixion. Pour cela, à moins qu'ils renoncent à leur foi pour prouver leur innocence et qu'ils se convertissent, ils seront brûlés vifs.

L'un des frères brandit un crucifix en clamant :

— À genoux et convertissez-vous pour trouver la paix !

Hanin assistait à la scène, submergé par le désespoir. Il pensa de toutes ses forces : « Je t'en conjure, mets-toi à genoux, sauve ta vie... Mets-toi à genoux, sauve ta vie... », espérant que son oncle entendrait le cri de son âme.

Crucifix en main, le moine passa devant chaque condamné. Lorsqu'il s'arrêta devant Isaac, Hanin cria :

— Agenouille-toi !

Isaac releva la tête, repéra son neveu et le fixa d'un regard anéanti.

Le religieux reprit :

— Que le feu sacré purifie vos corps, que Dieu ait pitié de vos âmes ; vos biens seront confisqués afin qu'ils servent une œuvre charitable.

D'un simple mouvement de la tête, l'ordre fut donné d'attacher les condamnés au bûcher, puis de l'embraser.

Ivre de douleur et d'impuissance, Hanin n'eut d'autre réaction que la fuite. Il regagna la Bièvre[24], au bord de laquelle il se laissa tomber, et se perdit dans les nuages qui s'effilochaient au gré de la brise. Droits comme des flèches, les clochers se

---

24. L'actuelle rue de Bièvre était alors une rivière qui se jetait dans la Seine.

noyèrent bientôt dans la fumée âcre poussée par le vent. Odeur de mort. L'angélus sonna, rappelant Hanin à la raison. Il se fit violence pour se relever et quadrilla les rues de la Cité à la recherche de Côme.

À son visage décomposé et ravagé par les larmes, son ami mesura l'ampleur du drame.

— Oh, je voudrais mourir, là, maintenant... Pourquoi ne pouvons-nous pas vivre notre foi ? Pourquoi nous persécute-t-on ? Suis-je moins bon que toi ?

Côme entoura les épaules de Hanin d'un bras consolateur.

— Tu es bon et l'âme de ton oncle était pure... Que pouvons-nous contre l'intolérance ? Regarde : je suis ton ami et je vois ton cœur avant de regarder ta foi...

Hanin fondit en larmes.

— Je n'ai plus rien... plus rien...

— Si, tu m'as, moi ! Je suis là, je suis ton ami, ne l'oublie pas. Mais tu n'as rien mangé... As-tu faim ? Et où vas-tu dormir ? demanda-t-il, sincèrement inquiet. Je vais demander à mon père...

— Tu es fou ? Ta famille me méprise ; et si le bruit court que tu as hébergé un juif !...

Tout les ramenait toujours à la réalité. Côme n'insista pas, conscient de l'absurdité de sa proposition. Pour ne pas mettre son ami définitivement mal à l'aise, Hanin se calma et s'efforça d'adopter un ton rassurant.

— Je vais dormir chez mon oncle cette nuit... Les gardes du guet commencent leur ronde, alors va maintenant et ne t'inquiète pas pour moi.

Résignés, ils se saluèrent et, tandis que Côme rejoignait sa famille qui l'attendait, Hanin se dirigea vers la maison où nul ne l'attendrait plus. Là, tapi dans l'ombre d'un porche, il attendit que le voisinage ait laissé la rue à son désert pour se glisser à l'intérieur de ce qui fut, un temps, son havre de paix.

Du matériel de tailleur d'Isaac, de leur maigre mobilier, il ne restait rien. Laminé par tant d'injustice, Hanin s'effondra et pleura toutes les larmes de son corps. Inconsolable, ne parvenant pas à trouver l'apaisement, il sortit et se fondit dans la nuit...

***

Dès l'ouverture des portes de la Cité, Côme guetta la rue par laquelle arrivait habituellement son ami. Après une longue et vaine attente, il se résolut à se rendre à son travail.

Sincèrement inquiet, il profita de ses criées pour passer par la maison d'Isaac, qu'il trouva envahie de garnements. Préoccupé, il passa le reste de la journée à scruter le moindre recoin de porche ou de place, espérant y voir son ami ; mais Hanin resta introuvable et, à mesure que les heures passaient, l'impatience de Côme se mua en désespoir.

À l'issue de ses criées, il gagna la grève en contrebas de Notre-Dame, où ils se retrouvaient chaque soir. Côme y attendit Hanin jusqu'à ce que le cor du Châtelet ait vrombi. Le cœur comme une enclume, assailli par les plus sombres pensées, il gagna l'outre-Petit-Pont.

Le lendemain matin, il se rendit à la prison du Châtelet.

— Je cherche un certain Hanin Ben Meir ; serait-il ici par hasard ?

Le garde cracha par terre.

— C'est un nom juif, ça ; qu'as-tu à combiner avec un juif ?

— C'est que… il doit une somme d'argent à mon père. C'est lui d'ailleurs qui m'envoie. Il aimerait récupérer son bien, mentit Côme.

Le garde ouvrit son registre.

— Il serait ici depuis quand ?

— Guère longtemps… Un jour… peut-être deux… Que sais-je, moi ?

Le doigt à l'ongle rongé parcourut la liste des inscrits.

— Je n'ai pas trace du nom que tu cites. Mais s'il a été arrêté ce matin, il est peut-être à la morgue[25]. Va-t'en voir là-bas…

Mû par l'espoir fou de retrouver son ami en vie, Côme alla répéter le même mensonge à un autre garde. Mais à la morgue non plus il ne trouva aucune trace de Hanin.

Les jours suivants ne furent pas plus heureux : Côme arpenta les rues, fit le tour des gibets et des échelles[26], courut de la fosse aux chiens aux cimetières juifs, sans succès, au point qu'il en vint à dévisager chaque vagabond, chaque mendiant, chaque voleur de foire, chaque supplicié. Mais personne n'entendit plus parler de Hanin, ni ne le revit ; il semblait même n'avoir jamais existé !

Le soir, affalé sur la grève comme un navire échoué, Côme admirait les reflets du soleil couchant danser sur l'eau, se souvenant des conversations et des confidences échangées avec son ami. Comment expliquer ce long silence ? Il se refusait à admettre le pire. Il préférait se persuader que Hanin avait tout simplement quitté Paris pour rejoindre quelque autre oncle, dans

---

25. La morgue, attenante à la prison, était un lieu d'identification des personnes arrêtées.
26. Autre forme de gibet.

une autre ville. Mais si tel était le cas, pourquoi ne pas lui avoir fait part de ses projets ? Et pourquoi ne pas l'avoir salué ?... Non : si Hanin était vivant, il serait venu à leur rendez-vous quotidien. Jamais il ne l'aurait laissé macérer ainsi dans l'angoisse...

Ainsi Côme se débattit-il avec ces interrogations, laissant filer les jours...

4

Le diable Vauvert

Accompagnée de sa petite sœur, Yvelise remonta vers le champ où son père entretenait leur potager.

— Allons, Marthe, presse le pas, tu marches comme un escargot.

— Mais j'ai des petites jambes, alors je ne peux pas aller aussi vite que toi…

Au loin, elles reconnurent la silhouette familière de leur père, qui binait le sol. Toute à sa joie, la fillette l'appela. Pierre déroula l'échine et agita la main puis, posant sa pioche, il accueillit ses filles avec plaisir.

Yvelise retira le linge humide qui couvrait la jarre de terre cuite, vida la cuve de l'eau tiède qu'elle contenait et la remplaça par celle, fraîchement puisée, qu'elle avait apportée. Après avoir échangé quelques mots avec son père, elle s'apprêta à s'en retourner.

— Tu viens, Marthe ?

La fillette entoura la jambe de son père de ses deux petits bras et refusa obstinément de la suivre...

— Laisse-la, je l'installerai à l'ombre d'un arbre et nous rentrerons ensemble, finit par répondre Pierre.

Yvelise haussa les épaules. Récupérant la jarre vide, elle rebroussa chemin.

Elle dévalait le clos des vignes lorsque, soudain, un vaurien lui coupa la route.

— La belle donzelle que voilà ! Me donneras-tu un peu d'eau fraîche à boire ?

— Laisse-moi passer, misérable, ou je crie.

Le gaillard se retourna et regarda alentour.

— Crier ? Mais qui t'entendrait ?

Plein d'assurance, il s'approcha d'elle. Acculée dans un chemin pierreux et prise de panique, Yvelise hurla, provoquant l'hilarité du voyou.

— Crie ma belle, crie !

Ne sachant plus comment se sortir de cette mauvaise posture, elle lui jeta sa jarre au visage et profita de l'étourdissement du goujat pour s'échapper. Mais, gênée par ses jupons, elle perdit de la vitesse et se fit rattraper par le chenapan qui se jeta sur elle, la faisant tomber. Elle poussa un gémissement plaintif, consciente que personne ne l'entendrait.

— Pitié ! non, pitié ! supplia-t-elle.

Soudain, un autre maraudeur, sorti de nulle part, fondit sur l'agresseur et le molesta. Le voyou prit la fuite en criant :

— Eh bien, si elle te convient, garde-la, je te la laisse !

Paralysée par la peur, le regard embué de larmes, Yvelise dévisagea son sauveur. Il l'aida à se relever.

Ces yeux ne lui étaient pas étrangers... Elle s'attarda sur ces traits, hésita, avant de lâcher :

— Hanin !

Il la fixa un long moment puis, avec l'aisance d'un saltimbanque, il joua la désinvolture.

— Hanin... Hanin... Ce nom me dit quelque chose... Hanin... Oui... c'est bien moi ! Crasseux et immonde, comme mérite de l'être un juif !

La peur de la jeune fille céda le pas à la colère.

— Quand je pense que pendant des jours et des jours mon frère t'a cherché partout, qu'il a couru quotidiennement les gibets et les cachots, qu'il soulevait même les pierres des chemins dans l'espoir de t'y trouver... Et toi, tu es là, méconnaissable sous ta crasse, à quelques pas de lui, sans daigner lui donner de tes nouvelles ?

Il redevint grave, presque sévère :

— Quelles nouvelles veux-tu que je donne ? Je n'ai plus de famille, plus de toit, pas de métier, rien pour me vêtir ni me nourrir. La famille de mon seul ami me méprise parce que je suis juif. Es-tu étonnée qu'étant moins qu'un chien, je vive comme un chien ? Au moins un chien n'a-t-il pas à porter rouelle !

— Mais où avais-tu disparu durant ce temps ?

— Où veux-tu que vive le diable ? À Vauvert[27] bien sûr !

Surmontant son dégoût, elle le saisit par une manche et le tira.

— Tu vas me suivre. Il est hors de question que je te livre à nouveau aux chemins d'errance et à la maraude. Si je dis à Côme que je t'ai rencontré et laissé repartir…

— Que je te suive ? Où ça ?

— Jusqu'à la Bièvre. Tu pues autant que tous les cadavres de Montfaucon réunis. Tu vas t'y décrasser, les poissons et les castors dussent-ils mourir empoisonnés.

Sidéré à l'idée que quelqu'un s'inquiétait de lui, il suivit Yvelise jusqu'à la berge du fleuve. Comme elle hésitait à le laisser, il commença à se dévêtir et demanda, sur un ton qui se voulait insolent :

— Tu vas me regarder me baigner ?

27. Vauvert ou la Verte Vallée, en dehors de la Cité, où vivaient les gueux (la « Cour des Miracles » n'existait pas encore). On disait qu'à Vauvert vivait le diable.

— Euh... non, bien sûr que non... Euh... Écoute : je cours à la maison chercher du savon, une brosse et quelques vêtements propres... Mais promets-moi de ne pas te sauver...

Cette supplique fit à Hanin l'effet d'un baume. Il comptait donc vraiment pour Côme et il avait quelque importance aussi aux yeux d'Yvelise...

— Il est vraiment fâché contre moi ?

La jeune fille n'avait nulle envie de discuter.

— Promets !

Amusé, Hanin adopta un ton faussement solennel pour répondre :

— Je te le promets !

— Promets-le-moi sur ton Dieu, et aussi sur le Livre saint des juifs.

— Ma parole ne suffit-elle pas ? aboya Hanin, soudainement irrité.

Un dernier regard réprobateur, et Yvelise s'en fut, non sans s'être retournée plusieurs fois pour s'assurer qu'il ne disparaissait pas.

Resté seul, Hanin s'assit sur un promontoire et suivit le va-et-vient des barges sur la Seine. Combien de fois avait-il atteint les tréfonds du désespoir lorsque, recroquevillé sur lui-même, il lui avait semblé ne pas pouvoir résister à la morsure du froid ? Combien de fois n'avait-il pas eu la velléité de se jeter dans la Seine et d'en finir avec cette vie qui le niait ? Et pourtant, aujourd'hui, un lumignon d'espoir brillait à nouveau pour lui...

À ressasser ces jours d'errance, il n'entendit pas Côme approcher. Lorsque son ami se présenta à lui, il se releva lentement et ils se toisèrent, l'un et l'autre submergés par une intense émotion.

— Comme tu as grandi ! s'exclama Hanin, surpris.

— C'est que j'ai fêté mes treize annotines !

— Annotines ?

— Oui, chaque année, un chrétien fête la commémoration de son baptême ! expliqua Côme. Mais toi, j'ai l'impression que tu as forci !

— Heu... si j'étais baptisé selon ta foi, je fêterais bientôt... mes quatorze annotines ! répondit-il avec humour.

Ils rirent de bon cœur. Côme s'approcha de lui.

— Par saint Eustache, comme tu pues ! Depuis combien de temps ne t'es-tu pas lavé ?

— Autant, en tout cas, qu'à dormir n'importe où, à manger n'importe quoi... répondit Hanin avec une soudaine gravité.

Un bonheur incommensurable mais pudique brillait dans leurs regards, qui semblaient ne plus vouloir se lâcher, de peur sans doute que ce moment ne fût qu'un rêve. Hanin, le premier, reprit ses esprits et se jeta à l'eau en criant joyeusement :

— Viens me rejoindre !

— Non, tu es trop sale ! répondit son ami, visiblement comblé.

Lorsque Hanin eut repris apparence humaine, ils s'assirent sur la berge. Côme risqua la question :

— Toi qui en es revenu, il paraît que le diable vit à Vauvert ? Personne n'ose s'y aventurer…

Hanin laissa éclater un rire sonore :

— Je te rassure, il n'y a aucun autre diable que les gueux.

— Pourtant, on dit que le manoir en ruine, sur le bord du chemin qui traverse les terres de Notre-Dame-des-Champs[28], est habité par le diable ! Et d'ailleurs, les bonnes gens qui y passent, à la chute du jour, entendent des clameurs terrifiantes sortir de la sinistre bâtisse.

— Je sais ! Mais ce ne sont autres que les chenapans qui se réunissent là pour partager le fruit de leurs larcins… Je peux t'en parler, j'en faisais partie. Nous nous amusions de voir les braves gens se signer et presser le pas, trop heureux de n'être pas attaqués par le diable de Vauvert. Au moins, à semer la terreur, nous avions la paix…

— Mais pourquoi t'y être réfugié ? Pourquoi ne m'avoir rien dit ?

— À la mort de mon oncle, comme tu le sais, on nous a confisqué tous nos biens. N'ayant pas de

28. Près de l'actuel jardin du Luxembourg.

quoi survivre, je me suis enfui, avec l'idée de me jeter dans la Seine ou de disparaître à jamais. Mais je ne l'ai pas fait… Sachant que tu ne pourrais m'aider qu'au péril de ta vie, sachant à quel point ta famille m'exècre, je me suis caché comme un misérable dans les vignes, me nourrissant d'herbes ou de fruits ramassés à l'issue des marchés, vivant d'aumônes ou de larcins, comme tous les autres gueux de la ville. J'ai trouvé refuge à Vauvert, car là-bas, au moins, on ne te demande pas de justifier ta foi. Souvent, je descendais et je te guettais lorsque tu te rendais à tes criées… J'apercevais également Yvelise, montant vers la Glacière.

— Oui. Elle y travaille à présent dans l'atelier d'un fabricant de tuiles.

— Elle a grandi, elle aussi…

— Elle va sur ses douze annotines.

— Dis… est-il vrai que tu m'as cherché partout ? que tu as même pensé que j'étais mort ?

— Qui t'a mis ces idées en tête ?

— Yvelise.

— Elle ferait mieux de se taire, elle raconte n'importe quoi.

Le sourire de Hanin se déconfit.

— Ah…

— Ne fais pas cette tête : oui, j'avoue que c'est vrai, que pendant tout le mois d'octobre…

Ces paroles, les plus touchantes que Hanin ait jamais entendues, l'ébranlèrent au point de le faire fondre en larmes.

— Je te demande pardon pour ne t'avoir pas prévenu ; pardon de n'avoir pas donné de mes nouvelles pendant ces longs jours. Je n'aurais jamais pensé compter à ce point pour toi, hoqueta-t-il entre deux sanglots.

Le regard humide, Côme scruta Notre-Dame comme si ce qu'il allait dire y était inscrit sur la pierre :

— Maintenant que je t'ai retrouvé, je voudrais... te demander un geste d'amitié.

— Tout ce que tu voudras...

Côme hésita encore un moment avant d'offrir un visage empreint de gravité.

— Je veux que tu te convertisses.

Hanin le dévisagea, bouche bée, avant de retrouver la voix.

— Me convertir ? Devenir...

— Je veux seulement que tu sois libre, que nous puissions nous voir, que je te sache en sécurité... Je ne supporterais pas une fois de plus ces longues semaines d'angoisse à me demander si tu es mort ou vif.

— Ton amitié me rend l'espoir, mais tu m'en demandes trop... pour le moment.

— Promets-moi au moins que tu y penseras.

— J'y penserai.

Tout était dit. Ils se levèrent et, en silence, revinrent sur leurs pas.

— Tu veux passer la nuit chez nous ? Je te cacherai, proposa Côme.

— Non, je ne veux pas t'attirer d'ennuis. Ne t'inquiète pas pour moi, j'ai appris à me débrouiller.

— Il y a la cabane, près du moulin de Saint-Victor, qui sert de remise à mon père ; ce n'est pas grand-chose, mais accepterais-tu de t'y installer en attendant mieux ?

— Tu oublies que ton père me hait : jamais il n'y consentira.

— Je lui en ai déjà parlé… Il est reconnaissant de ce que tu as fait pour Yvelise et il est d'accord.

En panne de réponse, Hanin le dévisagea.

— Ma sœur nous a raconté comment tu es venu à sa rescousse…

Soudain vulnérable comme un oiseau blessé, heureux de revenir à la vie, Hanin s'en remit à la décision de son ami.

Les deux jeunes gens remontèrent jusqu'au clos Saint-Victor. La cabane, qu'ils entreprirent de nettoyer, consistait en un réduit de planches où s'entassaient quelques outils, sans autre ouverture qu'une porte branlante. Yvelise arriva, chargée d'une besace et d'une couverture.

— Ma mère t'a préparé quelque nourriture et

mon père dit qu'avec cette courtepointe les nuits te seront plus agréables...

Ému, Hanin but cette phrase comme une goulée d'eau fraîche.

— Tu les remercieras pour moi.

Elle rougit :

— Non, c'est moi qui te suis reconnaissante pour cet après-midi.

Pour la première fois elle lui sourit, avant de laisser les deux amis en tête-à-tête.

— Eh bien, je crois que ton nouveau logis est prêt. Tu dois être fatigué...

— Pour le moment, je meurs de faim ! répondit Hanin.

— Alors, partageons ce repas de l'amitié.

— Et la loi, petit chrétien inconscient, l'oublies-tu[29] ?

— Qu'importe ! Ce soir, je proclame solennellement que la seule loi qui sévit en ce lieu est celle de l'amitié.

Puis, saisissant la gourde, il la tendit à Hanin.

— Buvons à l'amitié !

Hanin avala une gorgée d'eau et s'exclama :

— Chez nous, les vœux de bonheur se résument en *Mazel-Tov* !

---

29. Interdiction était faite aux chrétiens de partager leur repas avec un juif.

— Alors... *Mazel-Tov* pour l'éternité !

Côme rompit le pain tout en suggérant :

— Je sais qu'ils cherchent des fossoyeurs à la prévôté.

Le terme de « fossoyeur » glaça le sang de Hanin.

— Pourquoi ne dis-tu pas plutôt « aide-bourreau » ?

Côme haussa simplement les épaules.

— Pour pas que ça porte malheur ! Si tu veux, nous irons ensemble à la prévôté, demain... Mais pour l'heure, parlons d'autre chose...

Hanin se rangea volontiers au souhait de son ami et, comme s'ils s'étaient quittés la veille, Côme lui souffla :

— Te souviens-tu de mon histoire de Yéhiel et sa lampe mystérieuse ?

Hanin se fit plus attentif.

— Ne me fais pas languir... L'as-tu enfin vue ?

— Moi, non...

— Quelqu'un d'autre, alors ?

— Oui !

— Par toutes les cloches de la Cité, vas-tu te décider à parler ?

— Patience !... Voilà : à Paris, tout le monde ne parlait plus que de cette lampe. Intrigué, le roi Louis a voulu voir de ses yeux si cette lampe était aussi miraculeuse qu'on voulait bien le prétendre.

Alors, il s'est rendu chez Yéhiel. Le rabbin étant absent, le roi a cherché à actionner la serrure…

— Mais ne m'avais-tu pas dit que la serrure était piégée ?

— Précisément ! Louis n'y a pas coupé et il est tombé…

— Au centre de la terre ?

— Mais non ! En fait, il s'agissait d'une simple fosse. Tu imagines l'événement ! Les garnements et aussi les familiers du roi ont couru par les rues chercher Yéhiel, lui expliquant ce qui venait de se passer.

— Le rabbin a dû finir à Montfaucon pour pareille offense ! conclut Hanin.

— Point du tout ! Yéhiel s'est précipité au secours du roi, l'a délivré et même invité à voir sa lampe.

Côme fit une pause, le temps de lancer un caillou qui fit des ricochets sur la surface de l'eau.

— Et alors ? Cette lampe est-elle miraculeuse ? maléfique ? Raconte, ne me laisse pas sur des charbons ardents !

— Rien de maléfique ni de miraculeux… En fait, la lampe est simplement alimentée par une huile inconnue des Francs et dont Yéhiel a dévoilé le nom à Louis.

Hanin s'affaissa mollement, comme une outre percée se vidant de son contenu.

— Tu es déçu ? demanda Côme.

— Un peu, oui... Je m'attendais à quelque sortilège... à quelque histoire extraordinaire...

Ils s'allongèrent sur le dos, côte à côte, le nez dans les étoiles.

— Sais-tu que l'étoile de David est le symbole de notre foi ?

— Ah oui ? Et pourquoi ?

— Parce que c'était le moyen de protection magique de David...

— David ? Le David qui a vaincu Goliath ?

— Oui.

— Mais cette histoire fait aussi partie de la religion chrétienne ! s'exclama Côme.

— Je sais... murmura simplement Hanin.

Le silence tomba. Seul leur arrivait le coassement des grenouilles des marais.

En repos de criée, Côme attendit naturellement Hanin à la croisée des chemins, le lendemain matin, pour l'accompagner à la prévôté.

— Je viens quérir un emploi de fossoyeur.

L'homme le toisa un instant puis nota son nom dans un registre.

— Tu seras chargé de déplacer les corps et de faire chaque jour le tour des gibets, où le bourreau te dictera ta tâche.

L'homme ventru lui tendit ensuite un document.

— Tiens, tu montreras ton autorisation d'emploi à chacun. Tu repasseras ici en fin de semaine afin d'être payé.

— Combien percevrai-je ?

— Tu seras payé au corps. À toi d'espérer qu'on supplicie de nombreux juifs, si tu veux que ça te rapporte !

Satisfait par ce qu'il considérait être une belle boutade, l'homme éclata d'un rire tonitruant. Humilié, Hanin ramassa son feuillet et sortit précipitamment.

Côme, qui l'avait attendu à l'extérieur, accourut vers lui.

— Alors ?

Oubliant la remarque désobligeante du préposé aux emplois, Hanin lui adressa un sourire conquérant :

— Une maison, un emploi, un ami… Sur la Cité, cette année, souffle un vent de promesses !

5

Montfaucon

Hanin eut quelque mal à s'accoutumer au rythme effréné de son nouvel emploi, qui le partageait chaque jour entre les divers lieux patibulaires[30] de Paris : de la place de Grève aux Halles, de la place Maubert aux quatre portes de Paris, de la porte de l'Enfer à l'abbaye de Saint-Germain-des-Prés, de l'église Sainte-Geneviève à Saint-Victor, sans compter chaque croisée de chemin. À ces lieux permanents s'ajoutaient les échelles occasionnelles, dressées provisoirement, faute de place sur les fourches habituelles.

Et le spectacle n'était pas toujours ragoûtant : on était pendu, décapité, brûlé, écartelé, roué, bouilli vivant, fouetté, marqué au fer rouge, amputé d'une main, de la langue, des oreilles, du nez, selon le méfait dont on s'était rendu coupable.

---

30. Lieux de supplice.

Les têtes des décapités étaient fixées au sommet de pieux plantés en place de Grève ou aux Poternes, afin de montrer au tout-venant ce qu'il en coûtait de contrevenir aux lois.

Le plus redoutable de tous les gibets de Paris était Montfaucon, situé sur une butte à proximité de la maladrerie[31] Saint-Lazare. Lieu de la grande justice de Paris, il était prévu pour recevoir seize corps suppliciés, dont le crime était reconnaissable à la manière dont ils étaient suspendus : les notables suppliciés sur l'une des places de Paris y étaient pendus pour l'exemple ; les cadavres des suicidés y étaient accrochés par un seul pied, tête en bas ; si l'on avait été bouilli ou écartelé sur une autre place de la Cité, les restes étaient enfermés dans des sacs de cuir ou de toile que l'on traînait à Montfaucon et que l'on suspendait à la chaîne du gibet.

Les corps restaient exposés jusqu'à décomposition, puis étaient jetés dans la fosse du même lieu, que des archers surveillaient nuit et jour. Il fallait en effet interdire aux familles de récupérer les corps afin de leur donner une sépulture à laquelle ils n'avaient pas droit ; il fallait également veiller à ce que les barbiers ou les médecins ne viennent s'approvisionner en cadavres pour leurs pratiques, les faiseurs de sorts pour la composition de leurs filtres.

31. Léproserie.

À ce travail aussi, Hanin s'accoutuma, et les fourches lui procurèrent un moyen de subsistance. Ironiquement, le monde des morts lui donnait de quoi vivre.

***

Le printemps souffla les derniers flocons, illumina les journées de ses reflets d'azur, offrit à Paris ses arbres en fleurs, où s'ébattaient joyeusement des milliers d'oiseaux.

Côme se protégea la bouche et le nez à l'aide d'un linge et attendit que Hanin, hissé sur l'échelle, eût fini de décrocher le corps d'un pendu, qui tomba dans un son creux en se débarrassant d'une giclée de vermine. S'étant aperçu de la présence de son ami, Hanin descendit de son perchoir et, ensemble, ils dévalèrent la butte en silence. Lorsqu'ils furent suffisamment éloignés de l'odeur de charogne, ils retirèrent le linge qui leur couvrait le visage.

— Connais-tu la grande nouvelle ? demanda Côme par pure formalité.

Sans attendre de réponse, il poursuivit, tout excité :

— Le roi Louis possède depuis peu la vraie couronne du Christ. Il va la déposer en la chapelle Saint-Nicolas avec les autres saintes reliques.

Son ami, qui ne semblait pas partager le même enthousiasme, demanda, perplexe :

— Il y a une chose qu'il faut que tu m'expliques : tu m'as dit que les églises de Saint-Germain-des-Prés et Saint-Denis ont déjà chacune une vraie couronne d'épines. Combien de couronnes Jésus a-t-il donc portées ? Et les trois couronnes vont-elles faire procession ensemble ?

Pris à mal, coupé dans sa ferveur, Côme balbutia :

— À vrai dire, je n'en sais rien. Mais l'important n'est-il pas qu'il y aura procession et fête, et que nous ne travaillerons pas ?

— Tu as raison ! répondit Hanin, trop heureux d'échapper une journée à son pénible labeur.

Durant la semaine précédant l'arrivée de la sainte couronne à Paris, les crieurs de la prévôté redoublèrent d'annonces :

« *Il sera interdit aux juifs de sortir le jour de la procession sous peine d'être arrêtés sur-le-champ et tondus comme des champignons.* » « *Tout juif surpris à rôder autour d'un gibet sera immédiatement arrêté et mis à mort.* » « *Seuls les lépreux de Saint-Lazare auront le droit de se trouver sur le passage de la sainte relique, mais à condition d'être munis de leurs crécelles et de ne point pénétrer dans la Cité.* »

Pour fêter l'événement, la ville se para de draperies arborant fleurs de lys, de banderoles et, le printemps aidant, d'une jonchée de pétales et d'herbes odorantes...

Le bourdon de Notre-Dame donna le ton et la Cité éparpilla le carillon de ses trente églises.

Entouré de sa mère Blanche de Castille et de la reine Marguerite, son épouse, le roi arriva par la porte de Paris.

La foule se massait, compacte et pieuse, dans un remous silencieux, en se frappant la poitrine. Pieds nus et habillés d'une simple tunique blanche, le roi Louis et son frère Robert, comte d'Artois, portaient le reliquaire d'or sur leurs épaules. Ils étaient escortés de chevaliers allant, eux aussi, nu-pieds, précédés par une procession de prélats dans leurs plus beaux ornements. On sonna la trompe, et l'archevêque, vêtu d'une chasuble brodée d'or, annonça :

— Notre-Seigneur Jésus-Christ a confié son plus précieux trésor à la France et, en cette année de grâce, nous recevons la très sainte couronne !

Dans un élan de ferveur, la ville entière s'agenouilla, même si chacun regrettait que la relique ne fût pas visible, enfermée dans son réceptacle sacré.

La garde amorça la marche pour éloigner pourceaux et volailles qui s'ébattaient en chemin, et une kyrielle de prêtres lança ses encensoirs, précédant les bannières royales.

La sainte couronne prit la tête de la procession, escortée en grande pompe par toutes les reliques de la Cité, que suivaient tous les ordres religieux – moines, frères, religieuses –, chantant des cantiques. Derrière eux, enfin, la foule se déroula comme un immense serpent discipliné.

La suite royale pénétra dans la cathédrale Notre-Dame, où une messe solennelle fut dite, puis gagna la chapelle Saint-Nicolas, au cœur du palais, laissant à la porte les fidèles ouailles, qui finirent par se disperser.

En ce jour exceptionnel, la Seine était au repos : moulins, bateaux-lavoirs, barques de pêche s'étaient tus. Côme rejoignit Hanin, qu'il savait trouver aux abords de la Bièvre. Il voulut faire partager sa ferveur à son ami :

— Tu aurais dû voir l'explosion de piété. Les gens s'agenouillaient, se battaient la poitrine, pleuraient comme si c'était le Christ lui-même qui apparaissait couronné... Quand repenseras-tu à ta conversion ? Elle te rendrait libre ! Libre de marcher dans les rues sans crainte d'être reconnu et molesté, libre de sortir un jour comme celui-ci, libre d'exercer un métier qui te plaît, libre de rester en vie...

— Pourquoi ne peut-on être libre, tout simplement ?

— Tu sais, c'est surtout la faute du pape. Il dit que les Juifs ont tué le Christ.

— Oui, mais moi, je n'y suis pour rien ! Mon père n'y était pour rien, mon oncle Isaac non plus.

Alors, pourquoi nous punir pour un crime vieux de mille ans ? Et puis, il y a une chose qu'il faudrait que tu m'expliques : vous dites que votre Christ est ressuscité. S'il est ressuscité, c'est donc qu'il n'est pas mort, et s'il n'est pas mort, on ne peut être accusés de son crime !

Incapable de répondre à cette évidence, Côme garda le silence.

À peine les reliques eurent-elles rejoint leurs églises respectives que le roi Louis, obsédé par sa foi, dévoué au Christ, lança une nouvelle série de mesures contre les juifs.

Côme, bien à contrecœur, criait chaque jour dans les rues de Paris les ordonnances de la prévôté : rappel de l'interdiction pour les juifs de sortir de chez eux et d'ouvrir leurs volets les jours anniversaires de la Passion du Christ ; confirmation du droit pour les chrétiens de poursuivre les juifs de leurs jets de pierres durant la semaine sainte et de leur donner le soufflet du jour de Pâques[32]. En réparation de leur crime contre le Christ, les juifs de Paris furent contraints de payer une taxe de quarante-quatre livres, destinée à financer la fabrication du cierge pascal.

32. Les chrétiens qui trouvaient un juif dans la rue durant la semaine sainte avaient le droit de le gifler. Plus tard, les juifs qui le désiraient purent « racheter » ce droit des chrétiens au soufflet, en versant une taxe annuelle.

Durant l'année, la liste s'allongea : interdiction pour les juifs d'exercer un emploi public ; les dettes contractées par les chrétiens envers les juifs furent purement et simplement annulées ; tout chrétien dénonçant un juif sans rouelle se verrait attribuer les vêtements dudit juif, qui devait pour sa part s'acquitter d'une amende de dix livres.

Pressé par les rappels du pape, mais également par Blanche de Castille, le roi Louis fit confisquer le Talmud aux fins d'être étudié par des docteurs chrétiens. Les juifs reçurent l'ordre formel de remettre leurs livres saints aux Frères mendiants, sous peine d'être expulsés du royaume. Durant une semaine entière, Paris devint une immense procession de juifs transportant des livres hébraïques par les rues de la ville.

Des religieux et des professeurs de l'université de Paris furent nommés et chargés d'étudier le Talmud, de noter tous les passages qui ne correspondaient pas à la religion chrétienne ou qui insultaient le Christ.

Inévitablement, le Talmud fut condamné à être détruit par le feu.

Deux jours durant, les Frères mineurs traversèrent Paris avec des tombereaux remplis de manuscrits, qu'ils déchargeaient sur la place de Grève.

En présence du prévôt, des écoliers[33] des universités, du clergé et du peuple attiré par la nouveauté du spectacle, l'évêque prit la parole. Au premier rang, on avait aligné tous les juifs, ainsi que les rabbins. Tête basse, impuissants, ils écoutèrent la sentence de l'évêque :

— Le Grand Conseil de Sages de notre Sainte Église Catholique, sur requête de sire Nicolas Donin, lui-même juif converti, après avoir entendu la défense des rabbins Juda et Yéhiel de Paris, a jugé le livre juif dénommé Talmud coupable de contenir des inexactitudes et des blasphèmes contre Jésus-Christ, des insultes contre la Sainte Vierge ainsi que les chrétiens, dénommés scandaleusement *goyim*... En conséquence, nous, Louis le Neuvième, roi de France, reconnaissons et réaffirmons la suprématie spirituelle de la sainte Bible et ordonnons la destruction par le feu du livre dénommé Talmud, qui se moque de la religion chrétienne. À compter de ce jour, tout propos relevant dudit Talmud, qui serait proféré devant témoin, verra infliger la sanction suivante à celui ou celle qui l'aura prononcé : seront cautérisées au fer rouge les lèvres par où s'échappent les ordures. Il est également dit et déclaré qu'à compter de ce jour, tout juif trouvé en possession

33. Les étudiants, que l'on nommait alors « escholiers ».

d'un manuscrit condamné se le verra confisquer aux fins d'être brûlé. Le coupable subira le même sort que son livre.

On entendit des vivats et des : « Sus aux juifs ! Sus aux juifs ! Il faut chasser ces pourceaux ! »

Après quelques instants qui lui permirent de balayer la foule du regard, comme pour s'assurer qu'elle était toujours attentive, il poursuivit :

— De nombreuses plaintes ont été déposées par les riverains en raison des odeurs nauséabondes dégagées par le traitement des peaux. Ainsi, il est rappelé que, si les juifs sont, comme tous les étrangers, tolérés et autorisés à vivre en pays chrétien, ils doivent se plier à nos lois. En conséquence de quoi, pour ne plus incommoder le voisinage et pour leur permettre de pratiquer leur métier dans les meilleures conditions, il est vivement conseillé aux tanneurs et aux pelletiers de s'installer exclusivement le long des rues qui bordent la Seine, afin d'avoir de l'eau à proximité pour faciliter leur travail.

L'évêque marqua une pause, le temps pour un anonyme de crier :

— Aux Champeaux !

Le représentant du pouvoir royal reprit :

— Enfin, il est dit que pour compenser le temps perdu à cet acte de crémation, tout juif versera une obole au profit de l'église de Saint-Innocent.

Il se tut, roula le parchemin sur lequel avait été rédigé l'acte et, d'un signe de la tête, donna l'ordre de jeter les torches sur l'amas de livres.

Agenouillé et en prière, le roi Louis assista à la mise à feu de l'immense bûcher où s'entassaient des milliers de manuscrits, qui s'embrasa, anéantissant vingt-quatre charretées de livres juifs.

Lorsqu'il ne resta que cendres, la foule se dispersa. Mâchoires serrées, Hanin suivit Côme.

— Pourquoi verser une obole à cette église ? questionna-t-il.

— Parce que c'est là qu'on a déposé le corps d'un enfant que les juifs avaient martyrisé.

— *Avaient* ou *auraient* ?

— Tu sais, c'est ce qu'on a dit. En tout cas, c'est pour ça qu'on l'appelle l'église de Saint-Innocent… Et ne recommence pas, hein ? Je n'y suis pour rien…

L'un comme l'autre avait appris à éviter la question de leurs différences, afin de n'avoir pas à se disputer. Un long silence s'installa, chacun maugréant sa rancœur.

— Ça veut dire quoi, *goy* ? interrogea enfin Côme.

— *Goy* n'est pas une insulte, comme ils l'ont prétendu, ça veut simplement dire « non juif ». Tu sais, dans notre religion, il est dit qu'on doit avoir pitié d'un pauvre *goy* comme d'un pauvre d'Israël, qu'on doit visiter et soutenir un malade *goy* comme on le ferait avec un malade juif…

— Mais alors, pourquoi ce Nicolas Donin prétend-il que c'est une insulte ?

— Combien de juifs ont été lapidés, brûlés, noyés, tués, égorgés sous prétexte d'insulter ta foi ?

— Tu as raison : depuis que je te connais, je me rends compte qu'on dit beaucoup de choses fausses sur vous et j'ai parfois honte de ce que font les chrétiens…

Interloqué, Hanin le dévisagea :

— C'est la première fois que je t'entends me dire une chose pareille…

Pensif, Côme perdit son regard dans l'épaisse fumée qui s'élevait au-dessus de la place de Grève.

— Surtout, ne le répète à personne, lâcha-t-il enfin.

— Tu sais, je voudrais changer de métier, avoua Hanin après une longue pause.

— Changer de métier ? Je te comprends… Travailler dans les cadavres, dans cette puanteur. Heureusement qu'on ne t'a pas confié le charnier aux lépreux !

— Toi, au moins, tu sais être rassurant ! soupira le jeune juif.

6

Simples[34]

Comme tous les samedis, avant de se rendre à Montfaucon, Hanin dévala le sentier qui descendait vers la Seine, celui qu'empruntaient chaque soir les troupeaux pour aller boire au pied du pont Saint-Michel après la journée de pâturage. Il aimait l'ambiance bon enfant de ce quartier où s'étalaient chiffons et vieux souliers destinés aux écoliers pauvres, tandis que les fripiers ambulants allaient dans les rues en proposant leurs articles.

Plus loin, autour de la place de Justice où six hommes étaient exposés au gibet, le marché battait son plein dans sa cacophonie coutumière. Les itinérants arrivaient à cheval avec leur

34. C'est ainsi qu'on nommait, de manière générale, les plantes au Moyen Âge. Outre leurs qualités décoratives, elles avaient des vertus médicinales.

marchandise en croupe et les bonimenteurs vendaient leur matière première.

En remontant par Saint-Eustache, Hanin s'arrêta devant l'étal d'une plumassière[35] qui décorait une coiffe de plumes de paon. Une fleur fraîche, près d'elle, chut. Il la ramassa et en huma le délicieux parfum !

— Que fais-tu là, petit ?

Surpris, Hanin sourit maladroitement au vieil homme qui venait de l'interpeller.

— Je... rien.

— Désires-tu acheter une coiffe ? Je te ferai un bon prix ! Ma fille est très douée de ses mains, regarde ce travail !

— Non... je n'ai pas d'argent à dépenser !

L'homme plissa les yeux, son ton se fit incisif.

— Gare si tu traînes ici pour me voler !

— Oh, non ! Je travaille et gagne honnêtement ma vie.

— Et que fais-tu ?

Le visage de Hanin s'empourpra. Saisi par la honte, il resta coi.

— Pas de sot métier, jeune homme, pas de sot métier ! Alors dis-moi.

35. Personne qui décore les chapeaux de plumes, mais également de plantes vertes et de fleurs fraîches, selon la saison.

— Je suis fossoyeur.

L'homme se signa par trois fois.

— Mais si l'occasion s'en présentait, j'en changerais volontiers, crut bon d'ajouter l'intéressé.

— La coiffe t'intéresserait-elle ?

Hanin balbutia une réponse inaudible, résumant l'embarras dans lequel il se trouvait.

— Alors ?

— Je... je n'en sais rien. Et puis, je n'y connais rien.

— Moi non plus, en naissant, je ne savais pas marcher ; pourtant j'ai appris et, aujourd'hui, je sais mettre un pied devant l'autre... Je cherche un aide, pour mon herbier.

— Votre herbier ?

— Oui. Ma fille me seconde bien à l'atelier, mais c'est moi qui m'occupe des fleurs et des herbes qui servent aux parures, ainsi qu'à la jonchée des sols. Et comme je ne rajeunis pas, cette tâche m'est de plus en plus pénible.

Le vieil homme lui plaça vaillamment une coiffe sous le nez.

— Le parfum des fleurs t'inspire-t-il, au moins ?

Hanin ferma les yeux et se laissa griser par les senteurs subtiles : un monde de beauté comparé à la puanteur de Montfaucon...

— Bon, écoute. Va faire tes charniers et reviens me voir si tu te décides.

Le regard de Hanin croisa celui de la jeune fille, dont la couleur du myosotis semblait en dégager le parfum ; sans compter son sourire, doux comme une promesse.

Il s'en fut. Lui était-il poussé des ailes ? Hanin se sentait léger, prêt à s'envoler à la moindre brise. La lumière du soleil lui semblait radieuse malgré les grondements du ciel chargé de gros nuages noirs, et la cacophonie de la rue était devenue musique. Il enjamba joyeusement cochons et poules, bavarda avec un chien errant et remonta allègrement vers Montfaucon.

La journée achevée – se souvenait-il seulement avoir travaillé ? –, il redescendit en courant par la rue de Saint-Denis. À son grand soulagement, l'étal de la plumassière était toujours ouvert. Il avança, obnubilé par les mains de la jeune fille qui virevoltaient au-dessus de la coiffe avec la grâce de deux oiseaux.

Le vieil homme le laissa un moment à sa contemplation puis s'approcha de lui, le tirant de sa douce torpeur.

— Aurais-tu repensé à ma proposition ?

— Oui, mais je n'ai pas bien compris ce qu'il me faudrait faire.

L'homme dodelina de la tête, visiblement satisfait.

— Des herbiers[36] ambulants passent aux Champeaux comme aux foires. Ils me rapportent des plumes de paon, de faisan, des plantes rares ou sèches. J'ai moi-même un carré de terre où je cultive quelques fleurs ou arômes, que je te montrerai. Mais si tu veux, tu peux m'apporter des plumes ou des fleurs coquettes, qui pourraient nous servir à honorer les commandes. Je te paierai selon ce que tu m'apporteras. Mon atelier se trouve près de la halle aux blés, à l'enseigne de la Plume de Faisan.

Hanin, qui ne pouvait décidément pas quitter la jeune fille du regard, rougit de confusion en lui demandant :

— Quel type de fleurs souhaitez-vous… ?

— Ce que vous pourrez m'apporter selon la saison, et ce qui vous plaira. La chapellerie est une création qui demande de l'imagination, lui répondit-elle en se fendant d'un large sourire.

Hanin s'empourpra une nouvelle fois et bégaya un « oui » pitoyable avant de prendre congé.

Il retrouva Côme sur la grève de Notre-Dame, lui raconta son enthousiasme, sa colère contre les rougissements.

— Je ne sais pas ce qui m'a pris de…

---

36. Herboristes.

Côme éclata de rire.

— Mais tu es tout simplement tombé amoureux !

Hanin le gratifia d'un regard hébété. Son ami insista :

— N'avais-tu donc jamais éprouvé cette sensation bizarre avant ce jour ?

— J'ai déjà trouvé des filles belles, j'ai déjà été ému par leurs charmes, mais jamais comme aujourd'hui... Et toi ?

Côme détourna le regard, le sourire en faucille. Il fixa un moment le port au charbon qui auréolait de sa poudre noire l'autre côté de la rive.

— Je suis, moi aussi, amoureux.

— Et tu ne m'en avais pas parlé ? Raconte ! De qui s'agit-il ?

Encouragé, Côme expliqua :

— Je sais qu'elle s'appelle Alba et je la croise tous les jours en faisant mes criées. C'est la fille de la ventrière[37]. Elle est blonde comme un soleil de printemps, des yeux immensément noirs, et belle, mais belle !... Et ton élue ? Quel est son nom ?

Hanin hasarda sur le visage de son ami un regard abêti.

— Je n'ai pas pensé à le lui demander...

Ils éclatèrent de rire, complices.

---

37. Sage-femme.

— Mais la plus grosse difficulté reste à venir, déclara Hanin. Elle m'a dit que c'est « de la création » : et moi, en matière de simples ou de création, je n'y connais vraiment rien ! Mais rien, tu ne peux pas savoir à quel point !

Une pluie fine se mit à tomber, les obligeant à se séparer.

***

Réveillé aux aurores, Hanin alla se débarbouiller dans la Bièvre. Puis, coupant par le clos du Chardonnet pour saluer l'âne imperturbable qui y paissait jour et nuit, il alla flâner dans le Quartier latin, où s'activait le monde savant. Les marchés regorgeaient de papier, manuscrits, ou encore de paille d'occasion, où les étudiants de l'École de médecine allaient et venaient, fouillant les étals des fripiers pour y dénicher quelque vêtement encore mettable. Ménétriers[38] et jongleurs apportaient leur touche colorée à ce monde bigarré où se mêlaient les langues de toutes les nations.

Après avoir cueilli un bouquet de marguerites, Hanin longea l'Abreuvoir de Saint-Michel et se rendit aux Champeaux, comme tous les matins,

38. Hommes qui jouaient d'un instrument de musique pour faire danser les gens.

avant de gagner Montfaucon. Les halles, comme une immense ruche, grouillaient de bourgeois, de badauds et de marchands itinérants. Il se fourvoya dans le passage où guérisseurs, faiseuses de potions et vendeurs de simples criaient les vertus de leurs produits. Enfin, au débouché de cette rue sur le marché aux fleurs, son cœur se mit à battre avec violence. Car elle était là, belle et auréolée de la lumière matinale : la plumassière. À mesure qu'il s'approchait d'elle, il se sentait fondre. Pris d'un vertige, il renonça à s'en approcher, rebroussant brusquement chemin, tenant fort dans sa main le bouquet qu'il trouva soudain ridicule. Il s'arrêta sur le pont, sous lequel étaient amarrés les moulins à grains. Les pêcheurs lançaient leurs filets, les barques se laissaient mener au gré des courants ou des remous formés par les navires allant décharger leurs denrées au port aux grains. Une à une, il fit tomber les marguerites, et elles suivirent le fil de l'eau. Puis il flâna jusqu'au port aux vins, où il rencontra Côme au détour d'une rue.

— Alors, as-tu vu Alba ?

— Oui, elle accompagnait sa mère au marché. En fait, elle ne m'a pas vraiment parlé, on s'est simplement croisés et elle m'a souri. Mais j'ai bien vu que son sourire m'était destiné, à moi tout seul. Et toi, ta faiseuse de coiffes ?

Hanin s'ébouriffa les cheveux d'un geste défaitiste.

— Oui, elle y est, mais j'ai fondu, rougi, sué et n'ai pas pu m'en approcher. J'avais même cueilli quelques marguerites pour qu'elle en décore une coiffe, mais elles ont fini au gré de la Seine.

Son ami rit de bon cœur.

— Quels idiots nous faisons lorsque nous sommes amoureux, n'est-ce pas ?

Soudain, il regarda le ciel et suspendit là son discours.

— Il faut que j'aille m'acquitter de ma criée si je veux garder mon emploi.

Hanin suivit son ami du regard et l'écouta quelques instants : « *Venez à la taverne de Malvoisin, vous y boirez clairet, vin épicé, miellé, de sauge ou de romarin...* », « *Venez à la taverne de Malvoisin...* », jusqu'à ce que sa voix se fût noyée dans la cacophonie des autres cris. Pour Hanin aussi, il était temps d'aller au labeur.

En chemin, il tomba nez à nez avec la plumassière. Pas le temps de rougir, de transpirer ou de fondre, encore moins de l'éviter ; elle lui lança tout à trac :

— Où sont les marguerites ? Je t'ai vu t'enfuir avec...

Pris au dépourvu, Hanin lui adressa un sourire pitoyable.

— Elles ont fini au fil de l'eau.
— Pourquoi ?
— Je n'ai pas le sens de la création, je crois. Je n'y connais rien et ma cueillette m'a paru à tel point ridicule…
— Tu veux que je t'enseigne les simples ?
Il approuva d'un mouvement de la tête.
— Demain, si tu veux ? Donnons-nous rendez-vous près de la porte d'Enfer après la messe.
Hanin accepta avec plaisir ; puis, le cœur léger, il se rendit à son travail. Il s'arrêta net et se mit à rire : « Je ne connais toujours pas son nom ; quel empoté je fais ! »

Pour l'occasion, Côme prêta à son ami une chemise neuve. Encouragé par ses compliments, Hanin se rendit allègrement au lieu de rendez-vous. La plumassière n'étant pas encore arrivée, il attendit en ruminant ce qu'il allait lui dire ; mais lorsqu'elle apparut, belle comme un bouton de rose, l'esprit de Hanin se liquéfia, noyant les phrases qu'il avait préparées.
— Je suis confuse, j'ai été retardée… s'excusa-t-elle.
Peu importait, elle était venue. D'emblée, elle se présenta.
— Je me prénomme Jane ; et toi ?
— Hanin.

— Voilà un nom bien original !

Il éluda la remarque et lui proposa de tenir le panier qu'elle avait apporté. Puis, ensemble, ils passèrent outre-Petit-Pont en bavardant allègrement...

— Si tu veux, je t'apprendrai des choses sur les simples : car il y a les plantes qui servent à décorer mes chapeaux et mes coiffes, et celles qui sont utiles pour les maux.

Elle coupa une tige de lierre.

— Tu vois ? Si le lierre est décoratif, le sirop de ses fleurs et de ses feuilles est excellent contre la toux.

Pantois, Hanin buvait les paroles de la jeune fille.

Ils flânèrent, cueillirent des plantes diverses qu'elle plaçait délicatement dans son panier en le gratifiant de commentaires avisés.

— Viens, dit Hanin en lui saisissant le bras ; il faut que je te montre quelque chose !

Il l'entraîna jusqu'aux Chardonnets, où son âne paissait aux abords de l'église.

— Je te présente mon ami. Je lui confie tous mes secrets et il m'écoute sans broncher.

Jane se mit à rire et caressa le museau de l'animal.

— Bonjour, broute-chardons ; tu m'as l'air bien sympathique...

Puis elle se baissa et, à l'aide d'un couteau, sectionna quelques plants. D'humeur badine, Hanin lança :

— Mais que fais-tu ? Tu viens voler la nourriture de ce pauvre animal ?

Jane lui montra la fleur :

— Mais non ! regarde, c'est du chardon étoilé...

— Allons, laissons ça ! J'en sais assez pour aujourd'hui ! coupa-t-il, désireux d'en finir avec sa leçon de simples.

Il lui saisit amicalement la main, ce qu'il regretta aussitôt tant le regard glacé de Jane fut sans équivoque. « As-tu pensé un seul instant que j'étais venue folâtrer dans les clos en ta compagnie comme une fille facile ? » Voilà ce qu'il semblait dire.

La voix même de la jeune fille se fit distante :

— La fleur macérée dans de l'eau de rose est très efficace contre les affections des yeux. Et une décoction de la plante dans du vin est un remède contre la fièvre et la migraine.

Un long et lourd silence gêné accompagna son explication. Elle plaça les chardons dans son panier et conclut sèchement :

— Je crois qu'il est l'heure pour moi de m'en retourner ; père s'inquiéterait...

Hanin l'avait brusquée, il le regrettait amèrement ; à quoi bon, dans ces conditions, chercher à la retenir, la prier de rester ? Silencieusement, ils firent demi-tour.

Parvenus à la croisée des chemins, elle le salua fraîchement. Déçu, il regarda s'éloigner la silhouette gracieuse, comme un beau rêve évanoui…

Les semaines passant, il fallut bien de la patience à Hanin pour réapprivoiser la belle plumassière, qui dévoila les uns après les autres les secrets des plantes à un élève sage et attentif. Passer par l'atelier et s'occuper occasionnellement de l'herbier du vieil homme fut une belle parenthèse dans le quotidien du jeune fossoyeur. Ce doux rêve se prolongea jusqu'aux premiers frimas, jusqu'à ce que la nature lui retirât pour un temps ces instants magiques…

***

L'hiver arriva, qui couvrit la Cité d'une chape de neige et de glace. Les meutes de chiens sauvages, qui d'ordinaire tournaient autour du gibet de Montfaucon, s'approchaient dangereusement des portes de Paris. Nul n'osait plus s'aventurer au-delà de l'enceinte malgré les pièges à loup posés à l'entour.

Hanin allait quitter Montfaucon lorsqu'un gémissement plaintif, qu'il avait pris dans un premier temps pour le miaulement de la bise, se précisa. Scrutant l'horizon, tendant l'oreille, il perçut un faible appel, en direction duquel il avança précautionneusement. La neige, à un endroit, était maculée de sang ; bravant sa peur, il pénétra dans le sous-bois où il découvrit le corps d'un homme inconscient, le pied pris dans un piège à loup, les cheveux et la barbe figés par le givre.

Puisant dans ses forces les plus profondes, le jeune garçon réussit à desserrer le piège et à libérer la jambe blessée ; à l'aide de la claie qui lui servait à déplacer les cadavres, il transporta l'homme évanoui jusqu'au couvent des Filles-Dieu, qui se trouvait sur le chemin du gibet.

L'inconnu fut installé dans une cellule où on le dévêtit pour le frictionner.

— Il faut nettoyer ses plaies avec une décoction de fenouil de porc, suggéra Hanin.

— Nous allons nous occuper de lui ; toi, tu n'as plus rien à faire ici, alors file maintenant et rentre chez toi !

— Pensez-vous qu'il va vivre ?

— Ça m'a tout l'air d'être un solide gaillard et il devrait rapidement se sortir d'affaire. Sache que si tu ne l'avais pas trouvé, il serait en tout cas mort de froid. Nous ferons toutes une prière pour lui, et pour toi aussi.

Hanin se retrouva dans la rue, frustré d'avoir été reconduit aussi vertement.

Qu'allaient-elles dire à Dieu dans leur prière pour lui ? Cette interrogation l'occupa durant le trajet de retour. Il retrouva Côme et s'en ouvrit à lui, encore intrigué.

— Que crois-tu qu'elles vont dire pour moi dans leur prière ?

— Je ne sais pas, moi. Elles vont peut-être demander à Dieu de te protéger.

— Me protéger ? Mais ton Dieu protégerait-il un juif ? N'a-t-il pas assez à faire avec les chrétiens ?

— Oh, ne recommence pas avec tes questions. Je te l'ai déjà dit : évitons de parler de religion !

— Je voulais juste savoir, c'est tout !

Contrarié, il changea de sujet de conversation.

***

L'imminence de la fête des Fous[39] chassa le blessé de l'esprit de Hanin, dont la seule raison d'être était – chose d'exception – la présence de la belle plumassière à ses côtés.

Mêlés à la foule bigarrée, Hanin et Côme retrouvèrent Alba, Jane et Yvelise sur la place de

39. La fête des Fous, costumée, marquait le cap de la nouvelle année.

Grève, où les sous-diacres élurent « l'évêque des Fous », qui prit solennellement la parole :

— Selon la coutume, les pouvoirs qui me sont conférés, mais aussi mon bon vouloir, je décrète que les portes de la Cité resteront ouvertes jusqu'à l'aube... Que la fête des Fous commence !

La foule costumée et masquée, qui pouvait s'en donner à cœur joie sans licence d'heure, escorta l'évêque des Fous, à grand renfort de trompes et de tambourins, jusqu'à Notre-Dame. Dans une débauche de couleurs et de cris, la joyeuse procession s'engouffra dans la cathédrale, s'installa sur la paille et s'assagit peu à peu. En file indienne, les sous-diacres s'avancèrent jusqu'à l'autel où les attendait l'évêque des Fous, mitré, pour leur délivrer les indulgences[40] burlesques.

Il posa sa main gantée sur la tête du premier sous-diacre en déclarant solennellement :

— Je te souhaite deux doigts de teigne sous le menton...

Le sous-diacre se signa et laissa la place au suivant.

— À toi, je souhaite des croûtes et des pustules sur tout le corps... du premier au dernier jour de l'année !

Chacune des indulgences de l'évêque était accompagnée des applaudissements ou des commentaires bruyants d'un public conquis au rire.

40. Souhaits, vœux.

À l'issue de la cérémonie, les sous-diacres envahirent l'autel pour y boire du vin et jouer aux dés, tandis que d'autres mettaient à brûler dans l'encensoir de vieilles semelles, incitant la foule à danser.

La « messe » terminée, on attrapa les sous-diacres et on les traîna bruyamment dans des tombereaux d'ordures en faisant le tour de la Cité.

La chape de la nuit les enveloppa progressivement et la neige se mit à tomber en flocons doux et gras ; Jane manifesta son désir de rentrer et Hanin proposa à contrecœur de la raccompagner chez elle. Pour la distraire en chemin, il décrocha une dentelle de glace qui pendait d'un toit.

— Comment fais-tu pour ne pas mourir de froid, seul dans ton abri, au beau milieu des clos ?

Gêné par cette remarque, Hanin rétorqua avec un regain de fierté :

— Tu sais, j'y suis habitué. Et j'achète de la paille près de l'École de médecine.

— N'as-tu jamais songé à changer de métier ? À vivre dans la Cité ?

— En fait, j'y ai déjà vécu.

L'étonnement de la jeune fille fit regretter à Hanin cette confidence échappée.

— Ah oui ? mais où ?

Il eut un moment d'hésitation puis se résigna à répondre.

— Près de l'église Saint-Pierre-aux-Bœufs.

— Quelle idée alors que d'en être parti ?

La curiosité naïve de la jeune fille le mit mal à l'aise. Heureusement, ils étaient arrivés.

— C'est une longue histoire et là, il est déjà tard ; de plus, il fait trop froid.

Jane se rangea à son avis et le salua joyeusement.

Il regarda la frêle silhouette s'engouffrer dans une maison et rentra chez lui, assiégé par de sombres pensées. Combien de temps cacherait-il encore son histoire ? Comment Jane réagirait-elle en l'apprenant ? Leur amitié, lui semblait-il, s'était transformée en amitié amoureuse, même s'il n'avait plus osé l'approcher comme il l'avait fait le premier jour de sa leçon de simples. Elle semblait se plaire en sa compagnie et, pour la première fois, elle avait accepté de l'accompagner à la fête des Fous.

— Hé, toi, là-bas...

Hanin se retourna. Un gaillard imposant se tenait face à lui, jambes écartées.

— N'es-tu pas celui qui charrie des cadavres ?

Instinctivement, Hanin rentra la tête dans les épaules et ignora la question. Que lui voulait cet homme ? Il était fatigué, il avait froid et n'avait qu'une envie : rentrer chez lui et dormir.

Ayant repéré un passage propice à sa fuite, il voulut s'y précipiter ; mais l'inconnu s'interposa.

— Ne me remets-tu pas ?

Hanin le dévisagea, haussa enfin les épaules.

— C'est moi, l'homme pris dans un piège à loup, que tu as sauvé d'une mort certaine.

Le jeune garçon se détendit.

— Vous étiez alors si mal en point que je ne vous avais pas reconnu. Mais comment…

— En fait, les religieuses des Filles-Dieu m'ont parlé de toi : qui ne connaît le fossoyeur ! Je n'avais d'autre occupation, durant ma convalescence, que de regarder par la fenêtre de la cellule du couvent… C'est ainsi que je te voyais passer sous mes croisées. Mais où vis-tu ?

Une fois encore, Hanin eut à s'expliquer :

— Outre-Petit-Pont.

L'homme retira sa cape fourrée, dont il couvrit les épaules de son sauveur.

— Tu es transi, tu grelottes… Tiens, pour le chemin. Moi, je vis tout près d'ici et je suis arrivé ; tu en trouveras davantage l'utilité que moi.

— Mais je ne puis accepter ! s'exclama Hanin, qu'une chaleur exquise enveloppa comme une caresse.

— Ne refuse pas… Écoute : faisons un marché. Je te prête ma pelisse pour la nuit et tu me la rapportes tantôt, ici même, à l'heure de sixte[41]. Qu'en penses-tu ?

41. Midi.

Son jeune interlocuteur, qui n'avait plus aucune envie de se séparer de la fourrure, accepta sans se faire prier. Heureux comme un prince, il remonta les clos avec ardeur, impatient de se plonger dans sa nuit magique.

Hanin mit un point d'honneur à être ponctuel ; attendre un peu ne l'incommoda pas, puisque ce retard lui permettait de prolonger la douce sensation de chaleur dans laquelle il se délectait. L'homme arriva enfin, aussi chaudement vêtu que la veille au soir ; apparemment, le vêtement prêté à Hanin ne lui manquait pas ! À la lumière du jour, il paraissait moins grand, plus jeune. Le bourgeois s'approcha du jeune garçon et, avec emphase, le salua.

— Viens avec moi.

Hanin lui emboîta le pas.

— Je me nomme Jacques.

— Où allons-nous ?

— Viens, viens, je te dis.

Ils parvinrent sur une place où le roi était installé, entouré de quelques sujets avec lesquels il s'entretenait librement. À la vue de Jacques, un sourire illumina le visage du souverain ; d'un geste de la main, il leur fit signe de s'approcher.

Impressionné, Hanin le fut : s'il croisait régulièrement le roi et la reine lorsqu'ils accomplissaient leurs actes de charité dans la Cité, jamais il ne lui avait été donné d'adresser la parole au couple royal. L'appréhension le gagna.

— Comment faut-il s'adresser au roi ? marmonna-t-il.

— Fais comme moi et tout ira bien.

Parvenus à bonne hauteur du roi, Jacques prit la parole :

— Sire, je vous salue. Voici le jeune homme dont j'ai évoqué devant vous le courage et le mérite.

Le regard du roi, doux et débordant de tendresse, se posa sur Hanin, qui ne put s'empêcher de s'interroger : « Comment un tel homme peut-il être aussi sévère avec les juifs ? »

D'un signe de la main, le souverain l'invita à approcher. Hanin s'exécuta, s'inclina gauchement.

— Sire…

Louis le Neuvième posa une main sur la tête du jeune garçon.

— Mon ami Jacques de Rochencroix m'a longuement parlé de ton courage. Dis-moi, quel est ton nom ?

— Hanin…

Le temps s'arrêta, figé par un froid glacial qui n'avait rien emprunté au temps. La main du roi, posée comme une caresse sur ses cheveux, se retira brusquement.

— N'est-ce point là un nom juif ?

Le monde de Hanin vacilla ; seule une remarque, venue de l'assemblée et soufflée en un murmure, brisa son apathie : « Il ne porte pas la rouelle ! »

Le roi le dévisageait à présent, le regard étréci ; on n'aurait su dire s'il était en colère ou s'il réfléchissait. Profondément humilié, Hanin aurait souhaité fondre sous sa cape. Louis déclara enfin à l'adresse des quelques personnes présentes :

— Voulez-vous nous laisser seuls tous les deux un instant ?

Rouge de confusion, ou de colère retenue, Jacques s'avança.

— Non, non, allez, vous aussi, lui intima le roi en balayant l'air d'un revers de la main.

Louis, très simplement, fit asseoir Hanin à ses côtés et la conversation se fit murmure, dont les badauds tentaient vainement de saisir quelque bribe.

Tenu à l'écart, Jacques de Rochencroix arpenta le pavé comme lion en cage, dressant l'oreille, à l'affût du moindre signe de son souverain. Tendu, il se reprochait amèrement d'avoir imposé l'affront suprême à son saint roi : lui présenter un juif, le lui faire toucher. Louis lui pardonnerait-il un jour cette offense ?

L'attente lui fut insoutenable, l'entretien interminable ; pourtant, lorsque le tête-à-tête royal prit fin, il regretta qu'il fût déjà achevé. Il guetta l'expression du roi lorsque ce dernier, d'un geste de la main, lui fit signe d'approcher.

Masse compacte, la foule curieuse se regroupa immédiatement autour du souverain.

Louis se leva, posa à nouveau la main sur la tête de Hanin et, tout en s'adressant à l'assemblée, s'écria :

— Nous avons eu une conversation fort instructive avec notre ami Hanin. Nous lui avons d'ailleurs demandé quelle récompense il souhaitait recevoir pour avoir sauvé la vie de mon ami Jacques, ici présent... Il nous a demandé le droit de ne pas porter le signe distinctif des juifs.

Des murmures parcoururent la foule, toujours assoiffée de ragots.

— Nous le lui avons accordé à titre personnel, poursuivit le roi. Ainsi, qu'on se le dise, Hanin Ben Meir, ici présent, pourra circuler librement sans rouelle et ne devra plus être inquiété pour cela. Que cela se sache et que cela soit dit, au nom de la clémence de Notre-Seigneur Jésus-Christ.

Un silence hésitant suivit l'annonce de cette décision, que personne n'oserait contredire ou commenter. Hanin fut rendu aux bonnes grâces de Jacques, qui l'entraîna en sifflant entre ses dents :

— Comment as-tu pu me faire un tel affront !

En guise de réponse, Hanin se défit de la pelisse et la lui tendit.

— Non, garde-la, persifla le bourgeois.

— Je ne puis…

Garde-la, je te dis.

— Parce qu'un juif l'a portée, elle est empoisonnée, comme le raisin ou le pain sur l'étal ?

Jacques lança un regard noir au jeune garçon :

— Non ! Parce que tu m'as sauvé la vie.

Agacé, Hanin lui rétorqua, non sans ironie :

— Le roi m'a accueilli en son sein, et vous ne pouvez vous y résoudre ? Vous a-t-il fait quelque reproche ? Non ! Alors, il est bien plus clément que vous !

Muet, Jacques le dévisagea comme s'il adhérait à cette remarque, puis tourna les talons et s'en fut d'un pas énergique.

S'enveloppant dans la douce chaleur de la peau, Hanin se pressa d'aller à la rencontre de Côme.

Heureux d'apprendre le privilège que lui avait accordé le roi, son ami palpa la fourrure, admiratif. Hanin commenta :

— Me vois-tu faire le tour des charniers ainsi vêtu ? Cette peau sera ma couverture d'intérieur et réchauffera mes longues nuits d'hiver. Pour le reste, j'ai l'habitude ! Et si je suis dispensé de rouelle, je n'aurai plus à me convertir ! Libre… me voilà libre…

À cela, Côme n'avait pas pensé.

— Mais… il te sera tout de même interdit de sortir les jours de la Passion du Christ, et aussi…

Hanin lui coupa la parole :

— T'es-tu mis en tête de gâcher cette bonne nouvelle ? N'es-tu donc pas heureux pour moi ?

Amicalement, Côme se rendit à sa cause :

— Tu as raison, pardonne-moi… D'ailleurs, pour qu'on te reconnaisse comme son juif favori, notre bon roi aurait même dû t'accorder le droit d'arborer l'étoile de David, puisque tu m'as dit qu'elle a porté bonheur au roi David.

— Tu as raison ! Je n'y avais même pas pensé ! Si le destin m'accordait la chance de recevoir une nouvelle faveur royale…

— En tout cas, je suis heureux pour toi, répondit chaleureusement Côme.

***

En se rendant à un gibet, le chemin de Hanin croisa celui de Jane ; mais l'accueil ne fut pas celui qu'il avait espéré.

— Comment as-tu pu me mentir ?

Loin d'imaginer la cause du courroux de la jeune fille, Hanin la toisa, hagard.

— Moi ? Je t'aurais menti ?

Elle s'enveloppa dans un châle épais.

— Tout le monde, dans la Cité, ne parle plus

que du « juif du roi Louis ». Il m'en a fallu du temps pour savoir qu'il s'agissait de toi ! Normal : tu ne m'avais jamais dit que tu es juif.

Elle fit une pause, attendant sans doute un démenti qui ne vint pas. Elle laissa à nouveau exploser sa colère :

— Quand je pense que j'éprouvais quelque sentiment pour toi, que mon père t'a reçu comme un fils. Je ne veux plus jamais te voir ! Et ne t'avise plus de venir dans notre boutique ou mon père te tuera !

Irrité par les propos de la jeune fille, Hanin sortit de ses gonds :

— Dois-je porter le poids du monde sur mes épaules ? Faut-il toujours se justifier ? Et toi, t'es-tu justifiée d'être chrétienne ? Qu'avais-je de différent jusqu'à ce que tu l'apprennes ? Je respirais le même air que toi, j'ai sauvé la vie d'un inconnu, tout juif que je suis. Je n'ai qu'un Dieu, et en son nom je fais le bien, j'aide mon prochain. Et vous, chrétiens, qui mélangez Père, Fils et Saint-Esprit, en leur nom vous maudissez juifs, lépreux et prostituées !

Jane se boucha les oreilles :

— Blasphémateur ! Tais-toi !

Se refusant à en entendre davantage, elle prit la fuite. Hanin la rattrapa et lui saisit le bras ; elle se libéra avec mépris.

— Ne me touche pas, sale porc. Ne me touche plus jamais !

Résigné, il la laissa s'éloigner. Son regard s'évada pour se fixer sur la Maison des Templiers, vaste forteresse qui dressait ses remparts crénelés, ses tours, son donjon plus haut que celui du Louvre. Voilà à quoi ressemblait le monde pour lui : un rempart de chrétiens fermés à la tolérance et à l'amour… Et le sien, d'amour, il venait de le perdre à tout jamais, simplement parce qu'il était juif.

7

Le Quartier latin

Un attroupement inhabituel, devant l'École de médecine, attira l'attention de Hanin. Il s'approcha du groupe d'écoliers qui faisaient cercle autour d'un homme vêtu de la tenue des savants professeurs : une robe longue et un bonnet carré. Ils buvaient littéralement ses paroles.

— Qui est-ce ? se hasarda-t-il à demander.

— C'est le Docteur admirable[42], répondit un écolier avec emphase.

Un autre écolier leur intima de se taire avant d'offrir son visage ébahi au maître savant, qui évoquait – pour le peu de latin que pouvait comprendre Hanin – les porcs, les oies et les canards pataugeant dans les immondices de la cité.

42. Il s'agit de Roger Bacon, l'un des professeurs les plus brillants de son temps, surnommé « Docteur admirable ».

« Et ils se pressent les uns contre les autres pour l'écouter parler d'animaux ; quel Docteur admirable ! » songea le fossoyeur, amusé et peu convaincu, avant de laisser les étudiants ébahis se repaître des balivernes de cet homme que l'on disait savant et que l'on voulait « admirable »...

Traversant le marché aux chevaux, il remarqua un jeune homme occupé à monnayer une monture. Se tenant à bonne distance de la scène, il attendit le moment propice pour s'approcher de l'inconnu.

— À votre place, je n'achèterais pas ce cheval, il n'est pas de qualité.

Le jeune homme le gratifia d'un sourire amusé.

— Et qu'est-ce qui te permet d'être aussi catégorique ?

— Regardez ses sabots.

L'acheteur se pencha.

— Oui ? Et alors ? Qu'ont-ils, ses sabots ? Je les trouve parfaits !

— Précisément ! On y voit coquinerie. En fait, le maquignon a fait patauger ses chevaux dans des excréments de vache, qui ont la faculté de reconstruire rapidement la corne. Mais dès que l'on arrête cette méthode, la corne se dessèche brutalement et le sabot se fendille. Et votre cheval, estropié, n'est plus bon à rien.

— Comment sais-tu cela ? Serais-tu coquin toi-même ?

— Non. Simplement, j'ai travaillé durant quelques mois au service d'une plumassière, et ainsi, à cueillir des simples, j'en ai appris les secrets.

Le jeune homme lui accorda un regain d'attention.

— Préparerais-tu quelques potions ?

— Cela m'est interdit. Je suis... Je suis celui que l'on nomme « le juif du saint roi Louis ».

Lui qui croyait couper court à l'ardeur de l'inconnu ne provoqua pourtant aucune réaction négative, bien au contraire : celui-ci lui entoura l'épaule d'un bras amical et l'entraîna à l'écart.

— Et moi, je ne sais pas si tu as entendu parler de moi : je me nomme Yves de Kermantin. J'étudie pour devenir avocat, afin d'assurer la défense des plus démunis.

— J'ai entendu parler de toi : on dit que tu cèdes ton lit et ton repas à tes camarades pauvres.

— C'est la raison pour laquelle tes services m'intéressent, car toutes les bonnes volontés sont bienvenues. Vois-tu, les collèges du Quartier latin assurent le gîte et le couvert aux écoliers pauvres qui manquent pourtant de tout : pour survivre, ils font des travaux de copie, de ménage, ou nettoient les écuries. Lorsqu'ils tombent malades, l'argent leur fait défaut pour se soigner, et il nous faudrait de l'aide. Cueillir des plantes ne coûte rien, et si, de surcroît, tu les connais et sais les préparer en décoctions ou en onguents, cela nous serait d'un grand secours.

Au lieu d'être flatté, Hanin se rétracta.

— J'ai sans doute exagéré, je ne connais pas tous leurs secrets... Et puis, je te le répète, il m'est interdit de préparer des potions.

Yves resta longuement silencieux avant de reprendre :

— Je pourrais te faire entrer chez un apothicaire ?

— Impossible, je suis juif !

L'affaire était bien compliquée. Yves réfléchit encore.

— Écoute, il faut que j'en parle à quelqu'un. Retrouvons-nous ici demain matin à la même heure, veux-tu ?

Bien que méfiant, Hanin acquiesça et ils se séparèrent. Lorsqu'il s'en ouvrit à Côme, celui-ci ne cacha pas ses craintes :

— L'affaire est risquée. Je te rappelle qu'il est interdit aux juifs de pratiquer tout métier lié aux simples. Et si tu te faisais prendre ? Et si tu attrapais un mal cn soignant toutes ces maladies dont on ne sait rien ?

— J'ai survécu à Vauvert, alors le mal ne me fait pas peur. Quant au reste, tu sais, je suis habitué à vivre dans la crainte et les interdits. Et puis, j'ai envie d'être utile à quelqu'un, de prouver qu'un juif peut également avoir sa place dans la Cité…

Bien que rétif, Côme n'insista pas ; ainsi, le lendemain à la première heure, Hanin se rendit-il au rendez-vous convenu. Yves, qui faisait le pied de grue, l'accueillit avec soulagement.

— Je craignais que tu ne viennes pas, que tu aies changé d'avis.

— Je suis curieux de nature… Alors ?

— Antoine, un ami à moi, écolier en médecine, fait des travaux pour Jehan, l'apothicaire qui tient échoppe près des arènes de Lutèce. Je lui ai parlé de toi et il accepte de t'enseigner quelques rudiments de son art.

— Mais tu mets sa vie en danger ! Je te rappelle que je suis juif et…

— Ne t'inquiète pas. J'y ai réfléchi et voilà comment nous allons procéder : officiellement, tu restes fossoyeur ; si jamais tu avais un problème, tu prétendras que, durant tes heures de liberté, tu vas soigner les chevaux de l'apothicaire pour gagner quelques sous. Ce qui se passe à l'arrière de son échoppe ne regarde personne.

— Et si lui se faisait prendre ?

— Pourquoi ? Tu *soignes ses chevaux*. Il ne me semble pas que ce labeur soit interdit aux juifs ?

— Et mon rapport avec toi et ce que tu me demandes ?

— Nous ne serons jamais en contact direct : mon ami Antoine sera notre intermédiaire, et toi, tu aideras l'apothicaire à préparer les remèdes qu'il nous fournira.

L'affaire fut conclue sans autre question et sans fioritures. Quelle ironie du sort : le jour, Hanin côtoierait le monde qui donne la mort, et la nuit, celui qui préserve la vie...

Hanin se plut immédiatement au contact de Jehan. L'apothicaire, un homme d'âge mûr, était doux et patient. Que Hanin soit juif ne lui posait aucun problème. Avec Antoine, qui venait régulièrement chercher des potions, ils formèrent bien vite un trio efficace.

Hanin se tissa un véritable réseau d'amitiés, grâce aux remèdes qu'il préparait dans le fond de l'officine de Jehan, ou aux soins qu'il prodiguait clandestinement aux plus démunis.

Ses activités ajoutées à son travail de fossoyeur ne lui permettaient pas d'avoir une vie amoureuse. L'amitié qui le liait à Côme n'avait jamais failli et résistait à toute épreuve : même si Yvelise était à présent plus aimable, même si Marthe et Ondine, les deux plus jeunes sœurs de Côme, éprouvaient une véritable admiration pour Hanin et ne manquaient jamais de lui parler lorsqu'elles le croisaient en chemin, jamais leurs parents ne l'avaient reçu en leur foyer. Pour eux, il restait le juif…

***

L'émoi s'empara de Paris : le roi Louis avait contracté une terrible maladie et on le disait mourant.

Le concours des meilleurs médecins, des prières, ainsi que de toutes les reliques de la Cité mises à contribution laissa un sursis au souverain. Depuis, il ne parlait plus que de prendre la croix et aller, à son tour, se battre en Terre sainte pour délivrer le tombeau du Christ.

Alors qu'ils préparaient des onguents dans l'arrière-boutique, Hanin questionna Antoine.

— Qu'est-ce qui fait la différence entre deux médecins ?

— Je l'ignore… Pourtant, tous les savants ont à Paris les meilleurs maîtres qui soient ! C'est grâce à eux que Paris est appelée « ville lumière » dans toutes les nations.

Cette remarque fit sourire le jeune apprenti.

— Si tu parles de maîtres savants comme ce Docteur admirable de l'École de médecine… Je l'ai entendu un jour parler de pourceaux, de poules et d'oies ; si tu avais vu tous les écoliers rester pantois ! Drôle d'enseignement ! Il n'y a qu'à se promener dans les rues et humer la puanteur pour s'en rendre compte, pas besoin d'aller écouter ses niaiseries !

Jehan posa son mortier et se tourna vers Hanin, le sourcil sévère.

— Ne persifle pas les savants. Si tu savais le latin, si tu avais pu comprendre son enseignement ou si tu avais été un peu moins pressé, tu aurais saisi toute l'ampleur de son raisonnement. Car, selon la théorie du Docteur admirable, les animaux infestent les rues de leurs déjections ; les odeurs envahissent l'air et l'empestent. L'air ainsi pollué est, d'après lui, la cause première des épidémies ; il estime même qu'il faudrait une loi pour y remédier !

Il remplit sa besace :

— Crois-moi, ce n'est pas en vain qu'on l'appelle Docteur admirable... Voilà, tout y est ; je me sauve... À Dieu !

— À Dieu !

Resté seul, Hanin entreprit de ranger la réserve, se demandant comment des déjections et de l'air pouvaient provoquer des épidémies...

Un homme fit irruption dans l'officine de l'apothicaire.

— Je cherche Jehan : est-il ici ?

— Il est chez maître Philippon ; j'ignore à quel moment il reviendra.

— Es-tu son aide ?

— En maréchalerie, précisa Hanin, méfiant.

— Voilà : mon cheval boite depuis plusieurs jours. Je l'ai bien mené dans la Bièvre pour lui faire tremper les pattes dans l'eau froide, comme cela se fait d'ordinaire, mais sans résultat.

Hanin s'approcha de l'animal et l'examina.

— Il faudrait lui faire un cataplasme de poix noire.

— Peux-tu le faire ?

— Je n'y suis pas autorisé.

Arrivant à point nommé, Jehan prit le relais. Il procéda aux premiers soins de l'animal avant d'observer :

— Il faudra renouveler le pansement de poix et laisser votre cheval au repos ; je préparerai l'onguent et mon aide viendra pratiquer l'emplâtre.

— Soit !...

Et, s'adressant à Hanin :

— Demande Charles de Mirbrai, ou la maison de La Licorne, près de Notre-Dame.

Il s'en fut, cheval en longe, laissant Hanin au rangement de l'arrière-boutique.

En fin de journée, le jeune aide prépara sa besace de soins et se rendit à la maison de La Licorne. Le porche s'ouvrait sur un agréable petit jardin, au centre duquel un chêne dressait son tronc centenaire vers les cieux. Ses lourdes racines imprimaient des degrés, sur lesquels des enfants s'ébattaient en riant.

— Qui t'es ? demanda l'un d'eux, intrigué par cette intrusion dans leur univers familier.

— Je me nomme Hanin et je viens voir un cheval qui boite.

— Ah ! oui, viens, suis-moi.

La petite fille le précéda jusqu'aux écuries attenantes, où elle indiqua l'animal convalescent.

— Qu'est-ce que tu vas lui faire ?

— Arrête d'importuner les gens ! lui intima une voix masculine.

Charles de Mirbrai descendait de cheval, accompagné par une jeune fille si gracieuse que Hanin en resta pantois d'admiration. Le temps parut se figer, torpeur languissante dont il aurait souhaité ne jamais sortir. Constatant enfin qu'on le dévisageait avec amusement, il bredouilla quelques mots et pansa le cheval.

La porte de sortie franchie, il se laissa bercer par le souvenir de la gracile silhouette aux yeux clairs, aux cheveux dorés, enveloppée de velours lie-de-vin. Pourquoi cette apparition avait-elle été si brève ? Pourquoi l'instant magique avait-il si peu duré ?

Hanin longea la Grève avec la sensation d'être un oiseau posé sur un nuage ; indifférent au trafic des ports successifs, il flotta ainsi jusqu'à la pente douce qui menait à la berge, où il avait coutume de retrouver Côme les jours de repos de criée. Dès que son ami parut, il lui relata sa rencontre avant de soupirer :

— Ce n'était pas une jeune fille, c'était une vision divine, un ange parmi les anges, comme tu le dis toi-même lorsque tu parles d'Alba.

— Ah, mon ami, méfie-toi des flèches acérées de l'amour !

— Je ne me fais aucune illusion quant à cette beauté, rassure-toi ; je suis conscient de tout ce qui nous éloigne, à commencer par son rang. Mais la voir, seulement la voir, me comblera de joie.

Côme laissa son regard vagabonder au fil de l'eau.

— J'ai moi aussi une nouvelle à t'annoncer… J'ai embrassé Alba, hier, pour la première fois.

— Vrai ? Raconte ! Que ressent-on ?

— C'est merveilleux : c'est doux comme le miel, tendre comme la mousse des bois… Et tu ressens un drôle de frisson, si agréable.

Hanin donna une bourrade complice à son ami et, ensemble, ils rirent de bon cœur.

Leurs regards errèrent sur les navires qui, vidés de leur cargaison, ressemblaient à d'énormes scarabées éventrés. Outre-Petit-Pont, la montagne Sainte-Geneviève rougeoyait sous le soleil couchant, qui imprimait au feuillage ses reflets cuivrés. Le temps s'éternisa ainsi, jusqu'au passage des gardes du guet. Ils étaient heureux et amoureux, et point n'était besoin d'en faire de longs discours.

L'habitude des choses fait que, si le regard glisse impassiblement sur un décor familier, il détecte instinctivement le détail, aussi minime soit-il, qui diffère des autres jours. Et au tableau familier manquait la silhouette robuste de l'âne du clos des Chardonnets.

Intrigué, Hanin coupa par un guéret et découvrit l'animal étendu qui étirait son encolure pour se redresser.

Le propriétaire de l'animal parut à ce moment précis, encombré d'une corde et d'une claie.

— Qu'y a-t-il ? questionna Hanin, inquiet.

— Il s'est brisé une patte, il va falloir l'achever, expliqua l'homme.

Le jeune fossoyeur s'accroupit, caressa le museau de l'âne.

— Tout doux… tout doux… Laisse-moi voir.

Pas de doute, la patte était cassée. Hanin plaida en faveur de l'animal.

— Nous pouvons le soigner !

— Voyons, tu sais bien qu'un animal qui se casse la patte doit être abattu.

— Non ! Un ami, qui suit l'enseignement de savants de l'École de médecine, dit que la moelle de l'os continue à le nourrir, même cassé, au point que sa sève l'endurcit et l'ossifie. Ce savant dit avoir déjà sauvé plusieurs chevaux grâce à cette méthode.

L'homme resta perplexe. Cela lui semblait grotesque, mais pouvait-il critiquer les savants médecins ? Il finit par proposer :

— Écoute, je n'ai pas le temps de m'occuper de cet âne blessé, qui est déjà vieux et ne sert plus à grand-chose à part croquer le chardon. Alors, fais comme tu veux.

Hanin releva le défi.

— Il faudrait le transporter jusqu'au clos des Arènes…

— Ah, çà ! tu te débrouilles ; j'ai bien d'autres choses à penser. Je dois m'occuper de mon champ.

Après s'être essuyé le front, l'homme le laissa seul.

Livré à lui-même, Hanin hésita : comment prendre en charge cet âne, alors qu'il devait poursuivre vers Montfaucon ?

Yvelise ! Elle empruntait ce chemin chaque matin pour se rendre à la fabrique de tuiles où elle travaillait ; il ne restait qu'à l'attendre patiemment !

Lorsque, enfin, elle parut, il l'interpella et sollicita son aide.

Le ruban qui retenait les cheveux de la jeune fille lui souffla une idée.

— Il faut lui maintenir la jambe… Reste là et empêche l'âne de se relever.

Hanin grimpa sur un arbre et rapporta quelques branches qu'il convertit en attelles.

— Prête-moi ton flot.

Intriguée, Yvelise défit sa lourde natte et lui tendit le ruban, dont Hanin se servit pour bander la patte de l'animal soutenue par les attelles.

La jeune fille l'interrogea :

— Mais crois-tu que deux branches et un bout de tissu…

— Il faut immobiliser la patte jusqu'à ce que l'os se soit solidifié. Je repasserai plus tard pour lui faire des compresses et un meilleur pansement. Aide-moi à le relever.

— Le relever ? Mais il va tomber, et ton installation n'aura servi à rien.

— Ne t'inquiète pas. Lorsque tu te blesses une jambe, tu t'y appuies le moins possible. Un âne, tout âne qu'il est, fait de même.

L'animal, remis sur pied, s'éloigna en claudiquant.

— Et maintenant ? demanda la jeune fille en tressant habilement ses cheveux défaits.

— Je vais demander l'aide de l'apothicaire.

Libérant Yvelise, il se hâta de remonter jusqu'à l'officine de Jehan.

— Tu es fou ? Si on t'avait vu ! Tout « juif du roi Louis » que tu es, ne tente pas le diable. Pour une vieille bourrique, qui plus est… Allons, prépare mon havresac et conduis-moi là-bas.

Ne s'attendant pas à tant de sollicitude pour un malheureux âne, Hanin conduisit son maître sur les lieux.

Jehan le houspilla :

— Allez, va travailler à présent, ou tu vas t'attirer des ennuis ; je m'occupe de lui…

Sa besogne aux charniers terminée, Hanin retourna au clos des Chardonnets. N'y trouvant pas l'âne, il imagina le pire : sans doute, pour lui éviter la douleur de voir la bête achevée faute de pouvoir être guérie, Jehan avait-il renvoyé son aide pour l'abattre en toute tranquillité… Une infinie tristesse l'envahit, au point qu'il resta sourd aux appels d'Yvelise, parvenue à sa hauteur. Comprenant son désarroi, elle le gratifia d'un regard empli de compassion et se hasarda à suggérer :

— Peut-être que Jehan l'a conduit ailleurs…

— Idiot que je suis ! Mais bien sûr, comment n'y ai-je pas songé ?

Il se précipita au clos des Arènes, talonné par la sœur de Côme ; un long braiment accueillit les jeunes gens et, le visage lumineux, Hanin entraîna Yvelise dans l'arrière-cour. Surpris, Jehan les accueillit avec bonhomie.

— Eh bien ! que vous arrive-t-il, les jeunes ?

Encore tout essoufflé, Hanin hoqueta.

— En ne voyant pas l'âne dans le clos, j'ai cru…

— Et comment voulais-tu que je lui fasse ses saignées ? En me piquant les fesses sur les chardons ?

— Tu devrais lui trouver un nom, proposa Yvelise, de bonne humeur.

— Tu as raison. Je vais l'appeler… Chardon. Après tout, c'est son mets favori !

La sœur de Côme posa la main sur le dos de l'animal.

— Je suis à la fois surprise et admirative devant ta patience et ton acharnement à vouloir sauver cet âne. Où as-tu appris toutes ces choses ?

Flatté par l'intérêt qu'il suscitait, Hanin sourit :

— Je te confie un secret : Antoine, écolier à l'École de médecine, vient travailler ici pour gagner sa subsistance. Tu sais, il suit les leçons des maîtres les plus renommés, alors il nous transmet son savoir.

— Il t'a aussi enseigné à soigner les jambes cassées ?

— Oui. Mais étant juif, l'art m'est interdit.

Quelqu'un fit irruption dans la pièce, qu'ils n'avaient pas entendu arriver.

— Et tu ferais mieux de ne pas confier tes secrets à toutes les jolies filles de Paris !

Surpris, les deux jeunes gens sursautèrent. Hanin accueillit le nouveau venu et fit les présentations.

— Antoine ! Je parlais de toi, précisément.

Les yeux remplis d'étoiles, Yvelise fut immédiatement conquise par le bel écolier. Ne pouvant se résoudre à le quitter du regard, elle buvait ses paroles suaves et enjouées tandis qu'il lui distribuait des œillades flatteuses. Lorsque Antoine prit congé, Hanin scruta le visage d'Yvelise.

— T'aurait-il ensorcelée que tu en aies perdu la parole ?

Troublée, la jeune fille rougit de confusion, sans toutefois démentir ses dires.

Le lendemain matin, Hanin eut la surprise de trouver Yvelise dans l'officine de Jehan. À la manière soignée dont elle s'était apprêtée, il comprit que la raison de sa présence était dictée par son espoir de rencontrer Antoine.

— C'est gentil de te soucier de la santé de Chardon, lança-t-il avec un brin de malice dans la voix.

Yvelise s'empourpra et resta muette. L'apothicaire, qui auscultait l'âne, déclara :

— Je pense que notre ami va pouvoir retourner au pré aujourd'hui.

— Au pré ? demanda Yvelise, visiblement déçue. En êtes-vous sûr ?

— C'est un animal très robuste ! conclut Jehan.

D'un regard discret, Yvelise épiait l'entrée ; mais ce fut en vain. Presque à regret, elle proposa à Hanin de l'accompagner. Ils passèrent une bride à l'âne et progressèrent jusqu'à l'enclos. La voyant aux aguets, Hanin se hasarda :

— Ne te serais-tu pas éprise d'un certain écolier ?

— Que dis-tu ! s'offusqua-t-elle, les pommettes cramoisies.

— Tes yeux criaient leur admiration pour lui dès qu'il est apparu dans l'officine, et je doute que tu aies fait ce chemin ce matin pour prendre des nouvelles d'un âne !

— Ne parlons pas de choses impossibles. Vois-tu un savant daigner baisser le regard sur une pauvre tuilière ?

Poussée par cette complicité soudaine, la jeune fille s'enhardit.

— Tu as déjà été amoureux ?

Jamais, jusqu'à ce jour, ils ne s'étaient fait de confidences, leurs rencontres n'étant favorisées que par l'amitié qui liait Hanin à Côme. Il sourit et confia :

— D'abord une plumassière, aujourd'hui la belle inconnue de la maison de La Licorne.

— N'est-ce point là que tu es allé soigner un cheval ?

— C'est bien là. J'y passe d'ailleurs plus que de raison, rien que pour voir la belle... Mais c'est sans espoir, elle ne me remarque même pas. D'ailleurs, verrais-tu mieux une bourgeoise chrétienne acoquinée à un fossoyeur juif ?

— Sûrement pas !... Peut-être la verras-tu à la foire de Saint-Ladre ?

La conversation s'arrêta sur cet espoir, comme s'ils avaient dépassé les bornes de la convenance et des aveux. Yvelise, pour la première fois, lui sourit avec chaleur lorsqu'elle le quitta.

***

La foire de Saint-Ladre, autre grande foire de Paris après celle du Lendit, vit affluer tout ce que le royaume pouvait compter de marchands et vendeurs de rêves. Les Halles furent prises d'assaut, la moindre parcelle de la rue Saint-Denis foulée par les badauds. Les éventaires des vendeurs ambulants étalaient leurs couleurs fiévreuses, çà et là on jouait aux dés, on se mesurait à des jeux de force et d'adresse. Le son de la corne des ménétriers, qui ressemblait à s'y méprendre au cri des cygnes, se perdait dans les mélodies des vielles, des flûtes ou de l'orgue à main, dans une cacophonie festive.

Côme, Alba et Hanin déambulaient dans les rues animées qui se noyaient dans les arômes des épices tout droit venues d'Orient. À la hauteur de Notre-Dame, le bac du passeur emmenait les ruminants paître sur l'île aux Vaches[43].

— Allons cueillir la marguerite ! proposa Côme.

— Profitons plutôt de la fête, répliqua Hanin. Regardez, là !

Un groupe d'apprentis du pain faisait procession joyeuse à un récent diplômé, que l'on reconnaissait au traditionnel pot rempli de noix et de confiseries qu'il tenait en main.

Emportés par cette liesse communicative, les trois jeunes gens les suivirent. Le groupe arriva devant une maison et le jeune élu, selon la coutume, jeta le pot contre le mur. Riant et chantant au son de la flûte, un broc de vin porté en triomphe, ils attendirent que le patron vînt leur ouvrir la porte. Ils pénétrèrent dans sa maison à grands renforts de vivats, laissant les enfants se battre à qui mieux mieux pour ramasser noix et confiseries éparpillées sur le sol.

43. Actuelle île Saint-Louis.

Rebroussant chemin, les trois amis croisèrent Antoine, qui s'incrusta dans le groupe. Il prit Hanin en aparté :

— Tu n'es pas en compagnie de ta douce ?

Hanin posa sur lui un regard interrogateur.

— Je parle d'Yvelise. Je me demandais si... elle et toi...

Hanin se libéra d'un rire sonore.

— Non ! il n'y a rien entre nous ; en fait, c'est la sœur de mon meilleur ami.

— Ah ! intéressant... Et... a-t-elle un galant ?

— Je l'ignore. Tu n'as qu'à lui poser la question, rétorqua malicieusement le jeune juif.

— Venez, dit Alba sur un ton appuyé, pour faire comprendre à Antoine qu'il dérangeait leur complicité.

Elle entraîna ses amis vers les moulins de Montmartre et, au sommet des vignes de la Goutte d'Or, elle les fit asseoir.

— Je vais vous montrer ce que voient les anges...

La Cité corsetée de murailles, et qui ne communiquait que par deux ponts avec les deux rives de la Seine, s'offrait à leurs regards. Elle étalait son océan de toitures désordonnées, étroitement ramassées, et du sein duquel s'élançaient clochers et clochetons, dominés par la flèche de Notre-Dame. Excepté les deux rues principales, qui coupaient la cité en croix pour permettre le passage des voitures, les autres s'entortillaient en liasses inégales, ténébreuses, couvertes de ponts suspendus, hérissées de tourelles ou de donjons hasardeux, encombrées d'immondices et repues d'eaux croupissantes.

La Seine enlaçait le cœur de Paris et coulait, libre et voluptueuse, entre ses rives basses plantées d'arbustes et de buissons verdoyants, ponctuée par les innombrables grèves où chalands, barges, bateaux plats, halés du rivage ou poussés à la perche, venaient décharger leurs marchandises. Une rangée de pieux marquait le port de la Grève où affluaient les bateaux chargés de vins, de bois, de grains, de fruits, de sel, débarqués sur cette plage. La Seine, en ce jour de fête, était orpheline du clapotis des moulins à eau qui séparaient chacun des ports, ainsi que de toute l'animation coutumière provoquée par les cris des mariniers et le va-et-vient des portefaix[44], des sommiers[45] ou des marchands.

Au-delà de la Seine, outre-Petit-Pont, le regard découvrait jusqu'à de lointains horizons les contours harmonieux de la campagne : vignes, blés, vergers, pâturages rivalisaient de couleurs

44. Personne qui porte les fardeaux, de lourdes charges.
45. Bêtes de somme (ânes).

généreuses. Çà et là, les nombreux églises, couvents, collèges et hôtels seigneuriaux dressaient leurs îlots de pierres imposantes.

Un troupeau descendait vers la Seine par la rue de l'Abreuvoir, qui débouchait près du Petit-Pont. Dans ce décor étroit et grimaçant, la population joyeuse et colorée s'épanchait comme une légion de fourmis sous le ciel aux couleurs de la fête.

8

La malédiction

Ce soir-là, comme tous les soirs, Hanin arriva au clos des Arènes, la besace emplie d'une provision d'herbes de médication. Dans l'obscurité, il décela une présence et s'arc-bouta, méfiant.

— Qui va là ?

Une silhouette, à peine éclairée par les rayons de la lune, sortit de l'ombre. Il la reconnut immédiatement.

— Yvelise ! Que se passe-t-il pour que tu rôdes ici à pareille heure ?

La jeune fille s'effondra en pleurs.

— Ne restons pas ici, viens ! suggéra-t-il en l'entraînant à l'intérieur de l'officine. Que se passe-t-il ?

Ne pouvant se relever de ses pleurs, Yvelise se contentait de secouer la tête.

— Côme ? Est-il arrivé quelque chose à mon ami ?

Elle hoqueta. Voyant qu'il n'en tirerait rien pour l'heure, Hanin lui versa une bolée de tisane et attendit qu'elle se fût apaisée. Elle lui adressa enfin un regard fiévreux.

— Il faut que tu m'aides…

— Évidemment que je vais t'aider ; mais dis-moi en quoi ?

Elle se vida d'une nouvelle éclusée de larmes ; Hanin brida sa curiosité, laissant à la jeune fille le temps de se ressaisir. Sans oser relever les yeux sur lui, elle finit par murmurer entre deux sanglots :

— Je crois que je vais avoir un bébé…

L'instant de stupeur passé, Hanin risqua la question :

— Qui est le père ?

— Antoine… Je ne savais pas, je te jure… Je ne sais pas comment c'est arrivé… C'était à la foire de Saint-Ladre, il m'a fait goûter de la cervoise belge ; je ne connaissais pas le houblon… C'était bon et frais, et ça m'a fait tourner la tête. Si vite, si… Seigneur, si mon père l'apprend, il me jette dans la fosse aux chiens. Je ne savais pas vers qui me tourner… Jure-moi que tu m'aideras et que tu garderas le secret…

Elle saisit les mains du jeune homme, le regard implorant. D'une voix à peine audible, il lui demanda :

— Sait-il ?

— Non.

— A-t-il pour projet de t'épouser ?

— Il m'a délaissée depuis... ce jour-là.

L'heure n'était pas aux sermons... Hanin réfléchit un instant puis décida :

— Je vais te conduire chez Rose de Mai, une personne de confiance.

Yvelise posa sur lui un regard tourmenté. Il insista :

— Je t'assure... Viens, je t'y conduis.

Ensemble, ils se faufilèrent dans les vignes à pas feutrés, empruntèrent le chemin fleuri conduisant à l'église Saint-André.

— Qui est cette femme chez qui tu m'emmènes ?

— Nous avons parfois recours à elle... car tu n'es malheureusement pas la première jeune fille à te trouver dans cette situation. Nous ne pouvons avoir recours à une ventrière, car ta religion interdit...

Il s'interrompit, soulagé d'être arrivé devant la petite maison de bois. Il frappa cinq coups rythmés à une porte, qui s'ouvrit en grinçant. Une tête, dissimulée sous un châle, apparut. Hanin poussa Yvelise à l'intérieur, sans toutefois pénétrer dans la maison.

— Je t'apporte une amie, elle a besoin de tes conseils...

Sans mot dire, Rose de Mai ferma la porte, laissant le visiteur sur le perron.

Lorsque, enfin, Yvelise fut rendue à Hanin, ils remontèrent ensemble la rue de l'École de médecine.

— Elle pense qu'il est trop tard pour le faire partir, j'ai trop attendu...

Hanin se tourna vers Yvelise, qu'il surplombait d'au moins une tête.

— Pourquoi n'avoir rien dit avant ?

Elle lâcha un hoquet nerveux :

— Parce que je ne m'en doutais pas, et que j'ai réalisé en me voyant grossir.

Elle lui parut soudain si gracile, si vulnérable qu'il eut envie de la prendre dans ses bras. Lui qui avait toujours vu en elle la sœur de son meilleur ami, et la respectait pour cela, se trouvait devant une fille capable de séduire un jeune homme...

Dérouté, il se tut et reprit sa marche ; le reste du chemin se fit en silence.

Ils étaient arrivés. Après un regard si soutenu qu'il en était palpable même dans l'obscurité, la jeune fille s'éclipsa et Hanin remonta le clos des Arènes. Quelle serait sa réaction lorsqu'il se trouverait face à Antoine ?

Bien qu'il eût ardemment espéré ne pas le rencontrer, il trouva l'écolier à l'officine, qui préparait un emplâtre.

— Ah ! te voilà, ami. Puis-je te demander d'achever cette tâche ? J'ai rendez-vous avec une créature aux formes prometteuses...

Hanin ne put s'empêcher de lancer, sur un ton qu'il aurait voulu plus anodin :

— Et Yvelise ? Je croyais que tu la trouvais à ton goût ?

Antoine ramassa son sac, dans lequel il plaça quelques potions avec rapidité.

— Oh, oui, mais tu sais, au fond, ce n'est qu'une enfant... Et puis, si on ne s'amuse pas durant notre jeunesse, quand veux-tu qu'on le fasse ?

Il administra à Hanin une accolade complice.

— D'ailleurs, toi aussi, tu devrais songer à t'amuser davantage...

Sur quoi, il croqua une pomme et s'en fut en riant.

***

Les semaines avaient passé sans que Hanin ait revu Yvelise ni eu aucune nouvelle.

Il avait retrouvé Côme près du Grand-Pont, où les roues des moulins à eau, installés entre les arches de pierre, protégeaient leurs confidences.

— Et... Yvelise ? se hasarda-t-il à demander.

— Ah ! mais tu t'intéresses de bien près à ma sœur ? Voilà plusieurs fois que tu cherches à t'enquérir... Alors : elle va assez bien, à part qu'elle a bien grossi ces derniers temps. Si elle continue ainsi, elle ne trouvera pas de mari.

Son rire n'étant pas suivi d'écho, Côme dévisagea son ami.

— Quelque chose te tourmente ?

Hanin se ressaisit.

— Oh, non, je suis simplement fatigué.

— Tu travailles trop, mon ami. Tu devrais songer à t'amuser un peu plus. Sais-tu que j'ai revu Alba ?

— Mais je croyais que vous vous étiez fâchés ? Raconte...

Côme fourvoyé dans ses confidences, Hanin se sentit libéré.

Lorsque le garde du guet annonça le couvre-feu, les moulins se turent pour la nuit et les deux amis se séparèrent.

En proie à mille pensées, Hanin remonta jusqu'à son logis et s'affala sur la jonchée de paille qui recouvrait le sol ; dans un coin s'entassaient les quelques vêtements achetés aux fripiers de Sainte-Geneviève ainsi que son seul luxe, le chaud manteau de fourrure offert un jour par l'homme auquel il avait sauvé la vie.

Pour éviter l'invasion des rats et des fourmis à la belle saison, il avait installé sa réserve d'aliments à l'extérieur, dans un abri recouvert de cailloux et de feuilles.

Il sortit pour puiser un peu d'eau, puis s'avachit au pied d'un arbre et, le nez au ciel, il se vida l'esprit. Un craquement de branches le fit sursauter ; il se releva d'un bond et reconnut Rose de Mai. Au visage fermé de la jeune femme, il comprit qu'un événement d'importance avait conduit ses pas jusqu'à lui.

— Il faut que tu viennes très vite. En entrant chez moi, ce soir, j'ai trouvé Yvelise, baignant dans son sang. Elle se tordait de douleur... Je ne savais pas qui avertir et je ne sais pas quoi faire, alors j'ai pensé...

— Tu as bien fait ; je te suis.

Il extirpa sa besace ensevelie sous des branchages et, à pas de loup, ils se faufilèrent dans la nuit.

Hanin trouva Yvelise en larmes, le regard perdu au plafond, les traits marqués par la douleur. Il posa sa main sur le front brûlant de sa jeune amie.

— Tu préfères peut-être que j'appelle une ventrière ? ou un médecin ?

— Non, implora la jeune fille.

— Mais il faut te soigner ou tu risques la mort !

Elle lui prit la main.

— Personne ne doit savoir. Aide-moi, toi...

Rendu à sa cause, il vida son sac.

— Je vais aller en enfer ! lâcha-t-elle entre deux sanglots.

— Ne t'inquiète pas... Je crois que l'enfer, c'est sur la terre qu'il est...

— Je vais mourir ? demanda-t-elle, à bout de forces.

Il posa un linge humide sur son front.

— J'espère que non ; je ne le permettrai pas... Je sais que tu n'en as toujours rien dit à ta famille... Pourquoi ?

— J'avais trop honte... Il m'a déjà été assez difficile de t'en parler, à toi...

— Je vais devoir te soigner... Tu es sûre que tu ne veux pas...

Elle tourna la tête, honteuse.

— Non... Fais ce que tu as à faire ! Je mets ma vie entre tes mains...

— Je vais faire en sorte que tu la gardes, ta vie... lui murmura-t-il.

Sa voix, rassurante comme un feu de bûches, était si douce qu'Yvelise fondit en larmes.

Lorsqu'il eut terminé de prendre soin d'elle, il lui caressa la joue et lui tendit un bol :

— Tu as été très courageuse... Tiens, bois, c'est de la reine-des-prés, contre la fièvre maligne.

— Tu me dirais la vérité si j'allais mourir, dis ?

— Mais bien sûr... Et je peux te dire que tu vas t'en tirer... À présent dors, tu as besoin de repos.

— Mais à la maison, on va s'inquiéter de mon absence...

Il posa le bout de ses doigts sur les lèvres de la jeune fille.

— Chut !... repose-toi. Je trouverai bien un mensonge à leur raconter...

Rose de Mai entraîna Hanin dans un coin de la pièce. D'un geste du menton, elle lui indiqua le corps du mort-né qu'elle venait d'empaqueter dans un linge, posé à même le sol. Hanin le ramassa.

— Je m'en occupe. Fais cuire des feuilles de chou rouge dans du vin blanc et donne-lui en autant qu'elle en réclamera ; c'est efficace contre la douleur et l'inflammation.

La femme le raccompagna jusqu'à la porte.

— Je passerai demain avant de me rendre à la Cité, murmura-t-il.

Puis, son étrange paquet sous le bras, il disparut dans la nuit.

Ayant emprunté le Chemin Fleuri, il espérait remonter jusqu'à Vauvert pour y ensevelir le corps. Au moins là, personne ne viendrait y voir !

Dans un sentier de traverse, il se retrouva bien malgré lui au cœur d'une querelle. Voulant esquiver les ennuis inutiles, il fit volte-face. Trop tard ! Un homme l'interpella.

— Eh, toi, qu'as-tu dans les bras ?

Conscient du danger, Hanin se mit à courir. Mais les deux ivrognes, par leurs vociférations, alertèrent leurs compagnons miséreux, qui se mêlèrent à cette chasse à l'homme improvisée.

Hanin fut rattrapé et jeté au sol ; l'un d'eux s'empara du paquet, dans lequel ils espéraient sans doute trouver quelque butin, tout du moins de la nourriture.

Lorsque le ballot délivra son secret, les maraudeurs se figèrent d'horreur. Puis, dans un même élan, ils se jetèrent sur Hanin, le rouèrent de coups et le traînèrent jusqu'à la maison du guet.

Un garde leva sa lanterne au-dessus du visage du jeune homme.

— Quel est ton nom ?

Un autre le reconnut :

— Mais c'est le juif du roi !

Le garde s'assit et défit le ballot. Posant les yeux sur Hanin, il lui lança avec ironie :

— Je crois que tu peux réserver ta place à Montfaucon... Gardes, emmenez-moi ça à la morgue !

***

Des odeurs immondes d'excréments harcelèrent les narines de Hanin. Il était allongé dans un cachot sombre et sinistre, au milieu de prisonniers attachés à la même chaîne, retenue de loin en loin par un anneau fiché dans le mur. Un petit rai de lumière s'insinuait timidement par la seule ouverture du lieu, la lucarne de la porte de la cellule. Contiguë, la chambre où l'on donnait la question délivrait cris et gémissements, que rien ne semblait vouloir apaiser.

Hanin ferma les yeux : il ne se berçait d'aucune illusion quant au sort qui lui était réservé.

En prévision de son jugement, il fut soumis à la question préparatoire, destinée à lui arracher l'aveu de son crime.

On le dévêtit et on l'allongea sur un support ; après l'avoir solidement attaché, on lui enfouit un entonnoir dans la bouche ; tandis qu'un aide lui pinçait le nez, on lui faisait absorber le contenu de pots d'eau avant de poser inlassablement la même question :

— Vas-tu avouer ton crime ?

À chaque pause, à chaque silence, on lui faisait avaler l'eau de force. Mais Hanin n'avoua pas et fut traîné, le ventre gonflé de liquide, devant les juges du Châtelet.

Le juge chargé de l'instruction procéda à la lecture de l'accusation :

— Hanin Ben Meir, présent par-devant nous, et juif de son état, est accusé d'avoir dérobé le cadavre d'un enfant aux fins de s'en servir pour des rites de sorcellerie et préparation de potions interdites. N'ayant pas à jurer sur l'Évangile, il lui est toutefois offert de plaider sa cause.

Hanin ne pouvait pas contredire ses accusateurs, car se défendre eût été trahir le secret d'Yvelise.

Après une brève délibération, le juge principal déclara :

— L'eau n'ayant eu aucun effet, il sera procédé à la pelote. Si, au terme de cela, l'accusé n'avoue pas son crime, il sera mis à mort selon la sentence…

Hanin fut reconduit en salle de question par ses geôliers, étendu sur une nasse et garrotté avec des liens serrés graduellement jusqu'à entrer au plus profond de ses chairs. Ses membres gonflaient, toujours plus douloureux, au point de lui arracher des hurlements. Mais il ne concéda aucun aveu.

— Il est coriace, celui-là, plaisanta un garde en déliant ses garrots.

On le traîna à nouveau au Châtelet, où le juge procéda à une deuxième lecture de l'accusation. Mais Hanin garda son secret.

Tout en chassant une mouche obstinée d'un geste nonchalant de la main, le juge soupira :

— Que la sentence soit appliquée.

Porté à bout de bras par ses geôliers, Hanin se laissa ramener, à demi-inconscient.

***

N'ayant pas vu paraître Hanin à leur lieu de rendez-vous habituel depuis deux jours, Côme se précipita à la prévôté. Le concierge, qu'il connaissait bien, le renseigna :

— Il a été accusé de trafic de cadavre. Des témoins prétendent l'avoir souvent aperçu avec des écoliers de médecine. D'ailleurs, c'est par là-bas qu'on l'a arrêté. On pense qu'étant fossoyeur, il leur revendait les cadavres de fraîche date pour leur pratique... J'ai bien peur que son sort soit désormais lié à Montfaucon. Le seul miracle qui aurait pu le sauver eût été la grâce royale ; malheureusement, le roi est en Touraine actuellement...

Côme trembla d'effroi. Pourquoi le ciel permettait-il que le roi Louis soit absent de la Cité au moment où son ami avait le plus besoin de lui ? Quant à Blanche de Castille, inutile d'y penser ! Poussée par sa haine des juifs, elle n'accorderait jamais la grâce à Hanin.

Côme revint sur ses pas, en proie aux plus sombres pensées. Il se sentait impuissant devant une justice aveugle, lui qui connaissait son ami, lui qui savait que Hanin n'était coupable d'aucun autre crime que celui d'être né juif et de vouloir le rester.

Yvelise, qui l'avait aperçu près du pressoir royal, courut à sa rencontre. Le visage défait de son frère ne lui laissant rien présager de bon, elle le harcela de questions ; l'annonce de l'arrestation de Hanin lui fit l'effet d'un coup de boutoir.

— On ne peut pas laisser faire ! Il faut que j'aille leur dire que tout est ma faute !

— Allons, calme-toi, tu n'y es pour rien. Moi aussi, je serais prêt à mentir pour lui, mais cela ne servirait à rien.

— Mais tu ne comprends pas ? Je te dis que c'est MA faute !

Entre deux sanglots, Yvelise confia à son frère la honteuse vérité.

Côme, dont le visage s'était décomposé à mesure de l'aveu, jeta son regard affolé en pâture aux passants. Brusquement, il tourna les talons.

— Où vas-tu ? demanda sa sœur. Et tes criées ?

— Elles attendront.

Il se précipita outre-Petit-Pont, à la recherche d'Yves de Kermantin. Son interlocuteur l'écouta raconter son histoire, poser mille questions, suggérer autant de réponses.

— Hanin m'a souvent parlé de toi. Il faut que tu l'aides... Mais il faut faire vite ! Montfaucon, c'est pour aujourd'hui !

Un geôlier vint libérer Hanin de ses chaînes.

— Déjà ? demanda l'accusé.

— Non... Mais comme tu es fossoyeur, tu vas pouvoir te rendre utile en attendant. Et puis, ça t'occupera l'esprit.

Il entraîna Hanin jusqu'à un coin de la morgue, où s'entassaient plusieurs cadavres.

— On les a amenés ici en charrette ; une tuerie cette nuit... Vois s'ils sont tous morts ; leur crasse me répugne. Toi, tu as l'habitude de la charogne.

Hanin fit rouler le premier vagabond sur le dos ; il était couvert de sang et de vomissures au point d'en donner la nausée. Il lui attrapa le pied et le mordit fortement[46].

— Mort ! déclara-t-il.

Il poursuivit sa funeste besogne, posant le corps dans un coin de la pièce avant d'en saisir un autre, tandis que le garde les comptabilisait sur son registre.

Un autre garde arriva, qui annonça laconiquement :

— C'est l'heure...

Le cœur de Hanin se serra et il se demanda si Côme, où qu'il fût en ce moment, pensait à lui et avait connaissance de son triste sort.

Avertis par un garde complaisant, Yves, Côme et Yvelise attendaient devant la prison du Châtelet que Hanin, ainsi que trois autres compagnons d'infortune, soient extraits de leur geôle pour être conduits au gibet. Dès qu'il aperçut son ami, Côme

46. D'où le terme de « croque-mort » qui nous est resté.

cria son nom en levant la main. Hanin projeta en sa direction un regard vitreux et las ; sa chemise déchirée laissait entrevoir les blessures infligées par la question. Atterrée, Yvelise laissa échapper un gémissement plaintif et se blottit contre son frère.

Pieds nus, les pénitents furent emmenés par la porte de Saint-Denis. Le regard perdu dans le lointain, Hanin voulut croire que la route ne finirait jamais, qu'elle les emporterait, lui et ses compagnons, vers la campagne bucolique qu'ils traverseraient. Comme il enviait les oiseaux, dans le ciel, sans entrave, libres de vivre et d'aller où bon leur semblait… L'un des condamnés se mit à chanter, d'un chant traînant et lugubre entrecoupé de silences et de soupirs, qui s'harmonisait au glas lointain d'une cloche.

Selon le rituel, on s'arrêta devant le couvent des Filles-Dieu afin d'y baiser le crucifix et de recevoir les trois morceaux de pain et le verre de vin.

La marche reprit ; les piliers de Montfaucon, qu'il avait tant de fois blanchis à la chaux, étaient à présent bien visibles ; chaque condamné, dans sa marche vers la mort, avait tout loisir d'imaginer la place qu'il y occuperait prochainement.

Aujourd'hui plus qu'à l'habitude, Hanin était sensible à tout ce qui l'entourait. Familier des lieux, il reconnut *ses* suppliciés, au milieu desquels il dénombra trois places vacantes : laquelle lui était réservée ? Quelle nique du destin !

Un corbeau entonna son ramage, qui jeta dans les âmes une terreur sinistre.

On arriva au pied de la fatale échelle. L'officier livra les hommes au bourreau et, publiquement, déclama la sentence, tandis que des sanglots éclataient çà et là dans la couronne de badauds ou de familiers des condamnés. L'un des archers de la prévôté, qui veillaient à ce que les familles ne vinssent pas récupérer les corps, reconnut Hanin et lui adressa un regard chargé de compassion.

Soudain, un remous anima le flux de spectateurs. Au bout d'un temps suspendu dans le silence, Yves s'en extirpa et monta l'escalier.

— Je me nomme Yves de Kermantin et me constitue avocat pour ledit Hanin Ben Meir.

L'officier, pressé d'en finir pour rentrer chez lui, lui lança sur un ton agacé :

— C'est un peu tard, non ?

La foule, curieuse, bourdonna un instant.

Yves reprit d'une voix forte et posée :

— Je n'ai pas été prévenu de la procédure et l'on m'a refusé l'accès à la prison jusqu'à ce jour ! Je demande donc à être entendu céans.

— Je ne vois pas bien ce que ça changera, mais soit !

Face à face, les deux hommes renvoyaient le regard de la foule de l'un à l'autre, tenant les haleines en suspens.

— D'après les lois du Châtelet, il est dit que si la corde casse, le condamné est gracié.

Un rire parcourut l'assemblée.

— Mais il n'est même pas encore pendu ! répondit l'officier, sincèrement amusé par le ridicule de la démarche.

Le regard d'Yves chercha celui de Côme pour y puiser du courage, avant de se fixer sur celui de Hanin, incrédule et pathétique.

— Je sais, répondit enfin l'avocat. Il est un autre article qui dit que si une femme accepte de prendre un condamné pour époux, il sera également gracié.

Hanin plomba Yves d'un regard consterné. Toutes les têtes se détournèrent, à l'affût de celle qui oserait devenir la femme d'un juif trafiquant de cadavres, d'un meurtrier d'enfant.

Enfin, Yvelise se fraya un passage et, d'une voix presque inaudible, elle articula :

— Moi, Yvelise Dubrayer, accepte de prendre ledit Hanin Ben Meir pour époux.

Le silence se fit, comme si la foule buvait toutes les étapes de cette scène incongrue.

— Mais c'est un juif, objecta l'officier avec mépris.

Tous les yeux se fixèrent sur Hanin : une calme consternation se peignait sur son visage, au point que la foule en fut émue. Yvelise répondit avec une assurance insoupçonnée :

— Il m'avait promis de se convertir pour nos épousailles, il y a à peine quelques jours de cela.

Après un silence atterré, l'officier se tourna vers Hanin et le questionna :

— Est-ce vrai ?

Les regards de Hanin et d'Yvelise se harponnèrent et le condamné y lut la même prière muette qu'il avait adressée à son oncle le jour de son supplice : « Sauve ta vie ! »

Que faire ? Que dire ? Lui qui se battait chaque jour pour vivre librement sa foi, dont l'obstination avait provoqué plus que de coutume la colère de son oncle Isaac, ne savait plus quoi faire... Se convertir équivalait à renier toute une vie de lutte... S'il se convertissait, ils auraient gagné... Mais s'il mourait, ils auraient gagné aussi et pour lui rien ne serait plus possible.

— Que l'on frappe la cruche contre un caillou ou le caillou contre la cruche, c'est toujours mauvais pour la cruche, murmura-t-il.

L'officier se tourna vers lui :

— Qu'as-tu dit ?

Tout se bousculait dans la tête de Hanin. Seul le regard d'Yvelise l'emportait sur l'heure.

L'officier le pressa de répondre :

— Alors ? Est-ce vrai ?

Sans se l'expliquer, et comme si quelqu'un d'autre avait pris la parole à sa place, il s'entendit confirmer :

— Oui, je devais me convertir car nous projetions de nous marier.

Yves réprima un soubresaut de victoire, Côme un sanglot, et Yvelise fondit en larmes lorsque l'officier annonça le sursis à l'exécution. À bout de forces et submergé par les émotions, Hanin perdit connaissance.

En rouvrant les yeux, il découvrit le visage de Jehan penché sur lui.

— Je suis mort ?

— Si tu étais mort, tu serais dans l'enfer des juifs et nous n'y serions pas ! lança joyeusement Côme en lui prenant la main.

Hanin se redressa sur sa litière. Son corps tout entier le faisait souffrir.

— Tu l'as échappé belle, n'est-ce pas ?

La question d'Yves était davantage une affirmation, à laquelle Hanin répondit par un sourire las.

— J'avais un bon avocat…

— Mais pour le coup, tu as gagné une femme à épouser et une conversion à assumer.

Yvelise… Hanin se souvint qu'elle avait menti pour lui, qu'elle s'était sacrifiée pour lui sauver la vie. Lui, le petit juif, n'en aurait jamais attendu tant.

— Où est-elle ?

— Elle va bien… Elle explique à mes parents qu'elle va t'épouser, mais à eux, elle ne dira pas pourquoi.

L'œil de Hanin s'affola.

— Elle nous a tout avoué, poursuivit Côme. Elle a compris que tu préférerais mourir plutôt que de divulguer son secret. Elle a estimé qu'elle te devait la vie.

— Mais pas sa vie entière… Côme… Elle n'éprouve que pitié pour moi : je ne puis lui imposer…

— Pour le moment, je t'impose de te calmer et de dormir. Tu en as grand besoin.

Ensemble, Yves et Côme s'esquivèrent, laissant Hanin se débattre avec ses pensées.

Le silence s'installa progressivement dans l'arrière-boutique de Jehan et le miraculé du jour céda bientôt à la fatigue.

À l'issue d'une nuit agitée de cauchemars, Hanin décida d'aller sans délai affronter les parents d'Yvelise, malgré les plaies qui le tiraillaient encore. Il se leva, se débarbouilla dans le cuveau, puis sortit, la mort dans l'âme.

Arrivé devant la maison de Côme, il prit une longue inspiration et frappa à la porte. Le père d'Yvelise lui ouvrit avec un air grave et le fit entrer. Les yeux rougis de la mère, accoudée à la table, indiquaient qu'elle avait dû pleurer longuement ; Côme et Yvelise, rencognés et discrets, restaient silencieux.

Muet, pour ne pas dire paralysé, Hanin attendit l'attaque.

Après un long silence gêné, le père d'Yvelise prit la parole :

— Je n'ai jamais vu d'un bon œil l'amitié de mes enfants pour un juif, mais j'avoue qu'avec le temps je t'avais pris en sympathie. Il est dit que tu t'es rendu coupable de maléfices ?

— Point de maléfices, rectifia Hanin. J'aide des miséreux à soigner leurs maux, sous la surveillance d'un apothicaire et d'un écolier de médecine.

— Bien que ça soit interdit aux juifs, persifla le père de Côme.

— La loi de Dieu nous demande d'aider notre prochain ; c'est la loi des hommes qui les laisse mourir parce qu'ils n'embrassent pas la même foi.

Nerveux, le père s'abstint de poser son regard sur sa fille, comme s'il savait la honteuse vérité.

— Et cet enfant mort que tu avais dans les bras ?

Hanin sentit la nervosité l'étreindre et inspira profondément, cherchant une réponse adéquate, une histoire à inventer, conjuguant ses propres forces pour ne pas regarder Yvelise. Il improvisa :

— Un drame s'est déroulé dans une famille et je n'ai fait que mon devoir.

— Encore une fille de plaisir qui se débarrassait d'un bébé encombrant ?

— Tous nos actes d'aide sont couverts par le sceau du secret. Je n'ai pas avoué sous la question et je n'avouerai pas davantage ici, malgré toute l'affection et le respect que je porte à votre famille... Tout ce que je puis dire, c'est que je n'ai rien fait dont je puisse avoir honte.

Le père de Côme chercha l'assentiment dans le visage de sa femme.

— En attendant, nous voilà bien avancés. Notre fille, pour sauver l'ami de son frère, un juif, a accepté le sacrifice de te prendre pour époux. Je te l'avoue, cette idée ne nous enchante guère. Tu as, pour ta part, promis de te convertir. Je compte sur toi pour tenir ton engagement au plus vite.

Hanin n'avait pas envie de se poser en vaincu ; il répondit avec douceur :

— Je sais à quel point l'idée de voir Yvelise épouser un juif, de surcroît fossoyeur, vous exècre. Vous devez également savoir à quel point je me bats pour le droit de vivre librement ma foi, malgré toutes les pressions de conversion. Pourtant, je me plierai à vos volontés. Toutefois, si vous souhaitez vous délier du serment…

Un seul regard de la mère lui coupa la parole. Elle persifla :

— Une promesse est une promesse, fût-elle faite à un juif. Tu vas commencer par te convertir, et aussi, tu vas changer de travail. Nous annoncerons alors vos fiançailles dans des délais raisonnables.

La fin de sa phrase mourut dans un sanglot. Un calme pesant tomba, ponctué de reniflements.

Tout était dit et Hanin salua gauchement. Avec une douceur respectueuse, Yvelise le raccompagna ; personne ne l'en empêcha.

Les jeunes gens marchèrent silencieusement dans les rues du Quartier latin et gagnèrent le port Saint-Bernard. Yvelise dit simplement :

— Je suis tellement attristée par ce qui arrive et ta fidélité me laisse pantoise… Non seulement tu m'as aidée, mais tu as accepté railleries, humiliation, torture et gibet pour le sceau de mon secret.

— Ta famille me méprise encore davantage et tu ne m'as jamais aimé. Quel triste mariage nous allons faire !

La jeune fille détourna la tête et balbutia :

— Ne t'inquiète pas de ça… Toi mort, Côme n'aurait jamais supporté et moi, je ne me le serais jamais pardonné... Je t'accompagnerai à Notre-Dame pour ta demande de conversion dès que tu y seras disposé.

Hanin soupira.

— Alors, allons-y tout de suite et finissons-en !

Le représentant du clergé, plutôt accueillant, répondit aux interrogations du candidat à la conversion :

— En dehors des sermons des prédicateurs chrétiens auxquels tu seras obligé d'assister, tu auras un parrain, responsable de ton éducation chrétienne. En as-tu un ?

— Oui, Côme, le crieur.

— N'est-il point présent ?

— Il s'acquitte de sa criée.

Le religieux se tâta le ventre puis s'assit à son écritoire. Prenant sa belle plume, il écrivit quelques mots sur un parchemin qu'il tendit à Hanin.

— En attendant, va porter ce document à la prévôté.

— Qu'est-ce ?

— C'est ta demande de pension.

— De pension ?

— Oui, notre bon roi Louis octroie quarante sols de rente à tout nouveau converti.

— C'est très généreux à lui, répondit Hanin sur un ton faussement obligé.

— Oui, mais avant, il faut que tu abjures publiquement ton ancienne foi et que tu t'engages à devenir chrétien.

Le clerc rajusta son habit avec une concentration feinte pour signifier la fin de l'entretien.

Les jeunes gens longèrent le pressoir royal et gagnèrent la prévôté. Les démarches accomplies, ils revinrent sur leurs pas, jusqu'à la croisée des chemins.

Yvelise le regarda et, non sans gêne, lui déclara :

— Je te dis merci pour tout… Je sais qu'il n'y a pas d'amour entre nous, mais je m'efforcerai d'être une bonne épouse…

Elle s'apprêtait à rebrousser chemin, lorsque Hanin la saisit par les épaules.

— Attends. C'est moi qui suis redevable. Je sais que ta famille ne m'aime pas et j'insiste encore : si tu veux te délier de ton serment…

— Non ! Je ne reprendrai pas ma parole, donnée devant témoins et pour justice.

— Écoute : quoi qu'il m'en coûte, je te promets de me convertir et aussi de respecter ta liberté. Nous vivrons en amis, comme frère et sœur. Jamais je ne m'imposerai à toi de quelque manière que ce soit.

Des larmes commençaient à sourdre, que la jeune fille tenta désespérément de cacher.

— Il faut que j'y aille à présent ou je vais perdre mon emploi.

Impuissant, Hanin la laissa fuir. Pour l'heure, il lui fallait se concentrer sur une recherche de travail…

***

Hanin avait été étourdi par les événements qui s'étaient bousculés et qui avaient radicalement changé sa vie. Lui, le juif si fier de sa liberté, qui avait frôlé la mort de près, s'était vu contraint d'abandonner la foi de ses pères, uniquement pour sauver sa vie… Les semaines avaient fui, emportées par une cohorte de sentiments contradictoires.

Les disputes avec Côme, incapable de répondre à toutes les questions que se posait le candidat à la conversion, ternissaient parfois leur amitié : « Pourquoi dit-on que la religion juive est fausse alors que Jésus lui-même était juif ? » « Pourquoi vous attribuez-vous Joseph d'Arimathie comme un saint homme de votre foi alors qu'il était juif ? » « Pourquoi dit-on "Jésus de Nazareth, roi des Juifs" ? » « Pourquoi Jésus enseignait-il dans les synagogues s'il était chrétien ? » « Pourquoi Jésus a-t-il été présenté au Temple pour la circoncision si vous dites qu'il était chrétien ? » « Pourquoi les chrétiens persécutent-ils les juifs alors que Jésus dit que tous les hommes sont égaux ? »

— Pourquoi ? Pourquoi ? Pourquoi ? répondait invariablement son ami, irrité. On s'entendait mieux avant, parce que, au moins, tu ne me harcelais pas de questions !

— Ça montre bien qu'un juif et un chrétien peuvent parfois mieux s'entendre que deux chrétiens !

Pourtant, ni Côme ni Yvelise ne manquaient à leur engagement : chaque dimanche, ils se rendaient ensemble à la messe et, chaque mercredi, ils accompagnaient Hanin au sermon du prédicateur.

Enfin, et au grand soulagement de Côme, le converti fut prêt. On fixa la date de la cérémonie qui, par coutume, avait lieu en la synagogue confisquée aux juifs et rebaptisée église Sainte-Magdeleine...

***

Agenouillé au pied du crucifix, en simple chemise de lin blanc, main posée sur la Bible, Hanin lut sa déclaration d'intention :

« *Ayant entrevu ce que m'apporte la vraie Foi, celle du Christ Rédempteur, je jure de renoncer à mon ancienne religion ; de prendre désormais la croix et suivre Notre-Seigneur Jésus-Christ... J'annonce publiquement ma reconnaissance au Dieu qui accepte ma conversion. De mon vivant, je souhaite recevoir tous les saints sacrements selon les rites de l'Église catholique ;*

de même à ma mort, je désire être enseveli selon ma nouvelle foi, auprès de mes frères chrétiens... Je mets toute ma confiance et mon espérance en Dieu et demande que me soit accordée la Paix du Baptême. »

Par trois fois, le prélat lui présenta le crucifix.

— Prosterne-toi devant Dieu libérateur.

La cérémonie achevée, Côme s'approcha de lui et, ensemble, ils s'avancèrent sur les fonts baptismaux. Derrière les parents d'Yvelise, Hanin repéra les visages familiers et si chers d'Yves et de Jehan.

— Quel était ton nom ?

— Hanin Ben Meir, répondit le converti.

— Pour ton entrée dans la famille du Christ, as-tu choisi ton nouveau nom ?

Côme, le parrain, posa la main sur son cœur.

— Devant le Christ, Hanin souhaite désormais porter le nom de Bienheureux.

Au milieu de ses amis réunis, et sous ce nouveau nom, Hanin reçut le baptême. Là où Côme voyait son rêve devenir réalité, Hanin ne voyait que la vie gagnée, la liberté trouvée : celle d'aller et venir, de pratiquer le métier de son choix, de sortir tous les jours sans être inquiété... Toutes les libertés, excepté celle de pratiquer la foi de ses pères.

À l'issue de la cérémonie du baptême, et le cœur lourd par la contrainte qu'il lui imposait,

Hanin épousa Yvelise. Dans ses sourires las, dans ses yeux embués, il lisait toute la détresse de ce mariage sans amour.

Lui-même, s'il donnait le change, aurait préféré un mariage selon la tradition juive ; comme il en avait tant vu, comme il avait rêvé le sien... Mais tout cela faisait partie d'une autre vie, d'une vie que le sort lui avait arrachée.

Pour la première fois, Hanin partagea le repas de sa nouvelle famille. Le vin aromatisé délia les esprits et l'on dansa, on chanta, dans une sincère allégresse.

Enfin, Hanin se leva.

— Je crois que l'heure de se séparer est venue...

Le père s'approcha de lui et le prit dans ses bras :

— Hanin... Bienheureux... Sache qu'à compter de ce jour notre maison est la tienne et nous t'y recevrons toujours comme un fils.

Tout le monde applaudit tandis que la mère, elle aussi, embrassait son nouveau gendre.

Hésitante, Yvelise ne savait si elle devait suivre son mari ou rester chez ses parents. Côme, Yves et Jehan prirent les devants :

— Allons escorter nos tourtereaux jusqu'à leur logis !

Le petit groupe sortit en chantant gaiement, progressa jusqu'au clos Saint-Victor, comme un groupe de jeunes écoliers fêtant leur récent diplôme.

Parvenus devant la cabane où vivait Hanin, Côme prit la parole :

— Mon ami…

— Notre ami, rectifia Yves en riant.

— Notre ami, reprit Côme. Nous avons un cadeau pour toi… C'est une idée d'Yvelise…

Surpris, Hanin se tourna vers sa jeune épouse, qui baissa la tête après lui avoir décoché un frêle sourire.

Yves ouvrit la porte du modeste logis, où Hanin plongea la tête. Sur le sol, une toile de bure[47] masquait un objet.

— Nous avons voulu te faire ce cadeau d'épousailles…

— Dis-lui toute la peine que nous avons eue à nous le procurer ! plaisanta Yves.

Intrigué, Hanin jeta encore un coup d'œil à Yvelise, laquelle, d'un mouvement de tête, l'encouragea à dévoiler le mystérieux présent.

Une *menorah* apparut.

— Qu'est-ce que… Mais où avez-vous…

Yvelise prit la parole :

— Je n'ignore pas que c'est interdit… Mais je voulais te prouver que je ne sauvais pas ta vie à

47. Étoffe grossière.

Montfaucon en échange de ta foi. Sache que je respecterai tes croyances, à condition que tu ne me les imposes jamais.

— Mais…

— Attends, attends, ce n'est pas tout ! intervint Jehan.

Côme quitta hâtivement la cabane et revint avec une toile blanche qu'il plaça sur le sol, et sur laquelle il déposa un verre.

— Mais… mais… bégaya Hanin, ému aux larmes.

— Nous nous sommes renseignés, expliqua Yves de Kermantin. Et nous savons que, selon la tradition juive, le marié, à la fin de la cérémonie, brise un verre avec son pied… Alors nous, tes amis de cœur ici présents – Côme, Jehan et moi-même –, ignorant les religions qui nous séparent, vous déclarons mari et femme…

— … et nous nous déclarons tous amis pour la vie ! conclut Côme.

D'un coup de talon, Hanin brisa le verre sous les vivats de ses amis.

— *Mazel-tov* ! cria Côme.

— *Mazel-tov* à toi aussi, mon frère !

— Mazel quoi ? demanda Yvelise.

— *Mazel-tov* ! Ce sont des vœux de bonheur, dans la langue de mes pères, expliqua Hanin.

Elle se contenta de sourire.

— Te rends-tu compte ? demanda Jehan ; à présent converti, tu vas pouvoir abandonner ton travail à Montfaucon et devenir à part entière mon assistant ?

— Et moi, ajouta Yves, je te familiarisai avec le latin ; d'ici peu, tu pourras profiter des leçons dispensées en plein air par les grands maîtres de l'École de médecine.

— Ben, moi... dit Côme, heu... en qualité de beau-frère...

— De frère, rectifia Hanin.

— De frère... Oui... Moi, en ma qualité de frère, je te donne rendez-vous, tous les soirs sur la berge où nous avons l'habitude de nous voir depuis notre enfance !

— Merci à vous tous, répondit Hanin, la voix lourde d'émotion.

— Bien... Le cor du Châtelet ne va pas tarder à se faire entendre, partons, suggéra Jehan.

Un instant, Yvelise hésita. Mais chacun lui faisant l'accolade, elle se résolut à rester aux côtés de Hanin.

Une gêne, soudain, s'installa. Son mari ouvrit un coffre et en extrait la pelisse que lui avait offerte Jacques de Rochencroix.

— Tu la possèdes toujours ? constata Yvelise, étonnée.

Hanin l'étala sur la jonchée de paille :

— Cette fourrure te servira de couche ; tu verras, on y est bien.

Il se releva : elle était si petite, si fragile, qu'il ne savait que faire.

— Quel âge as-tu ? demanda-t-il enfin.

— J'ai fêté cette année mes quinze annotines. Et toi ?

Ils s'étaient mariés et ne savaient rien de l'autre...

— Bientôt dix-sept.

Un silence gêné s'installa. Empoté, Hanin bredouilla :

— Je dormirai là, devant la porte : si tu avais besoin de quelque chose... Bonne nuit.

— Mais... comment ferons-nous lorsque l'hiver viendra ? questionna-t-elle.

— D'ici là, j'aurai trouvé une autre maison, plus grande, plus digne de toi...

— Bonne nuit, répondit-elle simplement.

9

LES TEMPS NOUVEAUX

Hanin traversait la halle aux grains lorsqu'un enfant l'aborda.

– S'il vous plaît, monsieur, je cherche des parcheminiers.

– Tu en trouveras outre-Petit-Pont, dans le Quartier latin.

– C'est que… je viens de Beauce et je me suis déjà perdu à plusieurs reprises.

Cette remarque, qui lui rappela bien des souvenirs, arracha un rire à Hanin.

– Je sais… Heureusement qu'il y a les flèches des églises pour se repérer ! Vois, là-bas, l'abbaye au sommet de la montagne Sainte-Geneviève… Tu y trouveras ce que tu cherches. Longe la Seine et traverse le Petit-Pont, là…

La main en visière, le garçon regarda dans la direction indiquée, puis le remercia et s'en fut. En le suivant du regard, Hanin fut gagné par une vague soudaine de mélancolie. Il déambula dans les rues qu'il connaissait à présent par cœur, se remémorant son arrivée dans la Cité.

Quatre années s'étaient écoulées, lentes et silencieuses comme le flux des eaux de la Seine, avec leur lot de joies et de chagrins, érodant ses espérances, marquant ses traits de cicatrices, certaines visibles, d'autres imperceptibles.

Parvenu sur la berge, il s'assit à l'ombre d'un saule et rumina de lointains souvenirs, se demandant ce qu'aurait été sa vie si...

Côme surgit, qui le tira de ses sombres pensées :

— Ohé, mon frère, je te trouve bien soucieux !

— Je songeais au temps qui passe... Combien de vies différentes pourrions-nous vivre, selon les choix que nous faisons...

Son ami prit place à ses côtés. Il ramassa un caillou, le jeta dans l'eau.

— Quelle tristesse morbide dans tes paroles ! Raconte-moi ta peine, n'oublie pas que je suis ton confident.

Le regard de Hanin se perdit dans la progression d'une galée qui cherchait amarrage, comme pour y puiser le courage de poursuivre :

— Tu as raison. J'ai tout pour être heureux, et pourtant... Je me fais du souci pour Yvelise... Nous sommes mariés depuis deux mois et nous vivons comme de simples amis. Serait-elle éprise d'un autre ? Je l'ignore car elle n'en dit rien. Pourtant son visage est grave, et souvent il y court une onde de mélancolie.

— Il y a plus d'amitié entre vous que dans la plupart des couples. Alors…

— Tu as sans doute raison… mais est-ce suffisant ?

— Et toi ? Que ressens-tu ?

— Que veux-tu que je ressente ? Son attitude me brise le cœur…

— Je ne parle pas de son attitude, je parle de toi. Que ressens-tu pour elle ?

— Tu veux m'entendre dire que je l'aime ? Comment pourrais-je seulement y penser ?… Tiraillé entre mes désirs et ma dette, je m'interdis de l'approcher, mais je m'interdis aussi d'en regarder une autre. Je respecte son sacrifice, car j'imagine les humiliations et les quolibets qu'elle a subis en mon nom… Sans compter les tourments de ta famille…

— Ne te préoccupe pas de ma famille ! Mon père t'apprécie et ma mère n'y trouve plus à redire puisque, à présent, tu es converti et ton travail est honorable. Et toi ? Si elle en aimait un autre ? Comment réagirais-tu en l'apprenant ?

Son ami resta silencieux.

Leurs esprits s'égarèrent à la surface de l'eau jusqu'à l'heure de se séparer.

— Parle-lui... lâcha simplement Côme.
— Je vais y penser, consentit Hanin.

Lorsqu'il arriva à Saint-Victor, Hanin vit s'effondrer sa détermination. Assise sur un tronc, et ignorant qu'elle était observée, Yvelise semblait se morfondre ; pourtant, à la vue de son mari, elle s'inventa un agréable sourire. Ce fut plus qu'il n'en pouvait supporter.

— Il faut qu'on parle ! lui dit-il d'un air grave.

Yvelise leva sur lui un regard surpris.

— Est-il survenu un événement grave ?

Il chercha ses mots et elle comprit, à la manière dont il fronçait les sourcils, que l'affaire était d'importance. Elle attendit posément qu'il prît l'initiative de la parole.

— J'ai beaucoup réfléchi, dit-il enfin. Je remarque ta tristesse, mais aussi le manque d'amour que tu éprouves pour moi. Si tu en es d'accord, nous demanderons un démariage...

Interloquée, Yvelise resta sans voix.

— Ainsi, poursuivit Hanin, tu pourrais retrouver ta liberté. Yves de Kermantin m'a dit que pour certaines raisons, le démariage peut être accordé. Tu pourrais par exemple dire que je continue à pratiquer mes rites judaïques et que ma conversion...

Elle lui coupa la parole avec fougue :

— Pour cette raison, on te conduirait tout droit

à Montfaucon, tu le sais !… Et puis, tout d'abord, pourquoi es-tu allé raconter nos soucis à Yves ? En quoi cela le regarde-t-il ?

— C'est pour toi… Je vois bien que tu es malheureuse !

— Comment peux-tu en juger ? Ou alors… ou alors… peut-être y vois-tu là une manière détournée de te débarrasser de moi afin de reprendre cette liberté qui t'est si chère ?

Ces mots prononcés, elle rentra dans l'abri en claquant la porte.

N'osant pas insister, Hanin s'assit à même le sol et laissa le temps s'enfuir, épiant l'entrée, qui restait désespérément close.

La nuit tomba, l'enveloppant de ses griffes acérées. Paris s'endormait, belle et majestueuse, en contrefort de la Seine. Les mâts des galées, se découpant dans le crépuscule rougeoyant, ressemblaient à une forêt d'arbres dépourvus de leur feuillage.

La porte grinça et Yvelise parut, enveloppée dans la pelisse, une écuelle à la main.

— Tu dois avoir faim…

Elle s'installa à ses côtés et lui concéda un pan de la fourrure, tandis qu'il avalait la soupe chaude. Puis elle parla, la nuit rendant plus propices ses confidences.

— Si tu veux que je parte, je m'en irai. Mais avant, je voudrais que tu saches une chose…

Elle attendit une réponse, qui ne vint pas. Respirant à pleins poumons, la voix mal assurée, elle poursuivit :

— Te souviens-tu de notre première rencontre ? Lorsque je t'ai vu pour la première fois, je t'ai trouvé laid, tout simplement parce que tu étais juif. Je ne t'aimais pas non plus, tout simplement parce que tu étais juif. Je n'arrivais pas à comprendre ce qui en toi pouvait toucher ou séduire Côme, car rien ne vous destinait à devenir amis. Petit à petit, car il n'avait que ton nom à la bouche, je me suis habituée à te voir dans son sillage. Je te plaignais, pour tous les malheurs qui étaient les tiens et, te voyant courir de charnier en charnier, mon cœur s'est pris de compassion pour toi. Je me suis mise à admirer ton courage, car tu bravais tous les dangers, ne voulant jamais renier ta foi, au péril de ta vie. J'ai alors compris ce qui pouvait séduire Côme ; ton appartenance à la foi juive s'est peu à peu estompée dans mon esprit, car je voyais qu'au fond tu avais les mêmes rêves que mon frère ou moi. J'ai admiré d'autant plus ton courage lorsque tu as rejoint Yves de Kermantin, aidant les plus démunis, voulant apprendre chaque jour le secret des simples pour encore mieux soigner les gens. On m'a même dit que tu allais dans les quartiers des gueux et des filles de plaisir, afin de soulager leurs souffrances… Est-ce vrai ?

— Oui, murmura simplement Hanin, se taisant aussitôt pour ne pas rompre l'élan des confidences de sa jeune épouse.

Elle reprit le fil de son discours :

— Rose de Mai m'a raconté comment tu mettais ta vie en péril pour secourir les plus pauvres... Je crois que c'est à cet instant précis que j'ai commencé à aimer ton âme, sans me demander à quelle foi elle appartenait... Et ce jour où je t'ai vu vouloir soigner cet âne... Comme je t'ai trouvé touchant ! Un âne qu'on aurait égorgé et traîné à la fosse, tu voulais absolument le remettre sur pied, envers et contre tout... Et puis, il y a eu ce jour où j'ai été agressée dans les vignes, où tu as volé à mon secours. Tout crasseux et sale que tu étais, tu devenais mon sauveur...

Hanin se refusa à tourner la tête dans sa direction, de peur de l'effaroucher, de peur de réduire à néant cet instant magique. Il attendit la suite, qui ne tarda pas.

— J'ai été séduite par Antoine, je l'avoue. Je le trouvais beau, instruit, ses propos me faisaient tourner la tête. Et il y a eu la foire de Saint-Ladre : je me sentais belle, à ses yeux, et libre, et j'avais envie de m'amuser. C'était la première fois qu'un garçon me traitait comme une femme ! Je n'ai pas résisté à son insistance à me faire goûter de la cervoise... Après, je me suis sentie délestée de toutes mes craintes. Il m'a emmenée avec lui, nous nous sommes promenés et nous avons bavardé. Et j'ignore comment, mais c'est arrivé. Lorsque j'ai eu la certitude d'attendre un enfant, j'étais terrorisée... À qui allais-je confier ma honte ? C'est vers toi que mes pensées se sont tout naturellement tournées. Et tu m'as soutenue, aidée, soignée, sans jamais rien me demander, sans jamais me juger. Tu as respecté mon silence, la honte de mon péché. Comme je t'étais reconnaissante ! Et lorsque tu as été arrêté, soumis à torture, envoyé à Montfaucon, acceptant de mourir plutôt que de dévoiler mon lourd secret, j'ai compris tout ce que je te devais, et aussi à quel point je t'aimais... Bien sûr, lorsque j'ai déclaré vouloir te prendre pour époux, c'était une décision d'urgence, car il fallait faire vite... J'avoue également qu'auparavant, il ne m'était jamais venu à l'idée de t'épouser. Mais sache que je n'en ai jamais éprouvé le moindre regret.

Soudain, contre toute attente, un sanglot étouffé fit écho aux paroles d'Yvelise, qui se tut et n'osa pas réagir, encore moins interroger son mari qu'elle surprenait à pleurer pour la première fois.

Le silence s'installa, qui semblait éternel. Allaient-ils passer la nuit, assis là, côte à côte, sans plus se parler ? Lassée d'attendre, presque honteuse de s'être ainsi livrée ou d'avoir tenu des propos blessants, elle lui murmura :

— Je suis désolée… Je n'aurais pas dû te dire toutes ces choses… Mais je suis si triste pour toi, car je vois ta peine ! Tu as dû te convertir, ce que tu n'aurais jamais fait, car tu tenais tant à ta foi ! Ensuite tu as dû m'épouser, alors que tu ne m'aimes pas… Car j'ai vu comment tu regardais la belle plumassière : lorsque tu en parlais, toutes les étoiles du ciel semblaient briller dans tes yeux… Ces étoiles-là, elles n'ont jamais brillé pour moi.

Hanin lui fit face, prit son visage entre ses mains et le couvrit de baisers.

— Oh ! ma douce, ma belle Yvelise ! Tes paroles me font l'effet d'un baume capable de soigner les pires maux. Tu es le feu auquel jamais je n'aurais osé espérer pouvoir me réchauffer. Si je souffrais, ce n'était pas par manque d'amour, mais à cause de la situation que nous vivions… Je croyais que je te répugnais, car jamais tu n'avais exprimé tes sentiments avant ce jour… Sache que je t'ai aimée dès l'instant où je t'ai vue… Peut-être n'en avais-je pas conscience alors, ou peut-être me l'interdisais-je, tout simplement parce que j'étais juif. Peux-tu seulement imaginer le tourment qui a été le mien durant tout ce temps ? Oh ! combien de fois, dans la solitude de ma nuit, ai-je espéré t'avoir à mes côtés ?

Elle se redressa, incrédule.

— Que me dis-tu là ?

— Je suis en train de te dire que je t'ai aimée dès l'instant où je t'ai vue... Depuis ce jour où tu es entrée dans ma vie, avec une cruche sur la hanche, tout auréolée de la lumière qui se découpait derrière toi. Tu n'étais alors qu'une enfant et pourtant je t'ai trouvée si pleine de grâce ! Mais tu m'es immédiatement apparue hostile... J'ai entendu ce que tu as dit à Côme : tu lui reprochais de se commettre avec un juif... J'ai compris que jamais nous ne pourrions être amis, étant donné le dédain de ta famille, et aussi le tien, à mon égard. Je savais qu'on tolérait l'ami de Côme, mais qu'on ne supportait pas l'idée qu'il fréquentât un juif. L'accueil de ta mère était méprisant, celui de ton père dédaigneux, le tien glacial. Pourtant, et malgré tout, vous étiez ma seule famille, car je n'en avais pas d'autre. Étant condamné à être juif, j'ai voulu assumer ce choix, car jamais il n'a été pour moi question de conversion. Peux-tu comprendre que malgré toutes les brimades subies je suis fier d'être juif ? Alors, j'ai vécu comme un juif, avec ses humiliations et le danger permanent, qui étaient devenus mes compagnons d'infortune, sachant qu'ils me privaient à jamais de ton affection. Oui, j'ai rêvé à d'autres filles que toi : la plumassière, qui semblait répondre à mes œillades et qui m'a traité comme un chien le jour où elle a su... Oui, j'ai été attiré par la belle inconnue de la maison de La Licorne, tout en sachant que jamais une jeune fille de sa condition n'abaisserait le regard sur un juif, fossoyeur de surcroît... Mais dans la trame de ma vie, les jours s'écoulaient, tu étais toujours présente, comme le soleil qui se lève chaque matin et qui éclaire nos journées, quelles que soient nos joies ou nos peines. Je te voyais grandir, devenir plus jolie chaque jour, mais je te voyais comme la sœur de mon ami et, surtout, je me savais juif... J'étais présent, ce jour-là dans les vignes, parce que je guettais ton passage, chaque jour, pour aller porter de l'eau à ton père. Et ce fameux soir où tu es venue me voir pour me confier ton lourd secret et me demander mon aide, le ciel me faisait le plus cruel des cadeaux : c'est moi que tu avais choisi entre tous, c'est entre mes mains que tu plaçais ta vie alors que tu avais donné ton amour à un autre. Sache qu'alors j'aurais accepté de t'épouser et d'être un père pour cet enfant... Mais que jamais je n'aurais osé te l'avouer. Sache aussi que j'aurais préféré mourir cent fois et de toutes les manières plutôt que de parler. En voyant ma propre mort en face, j'ai réalisé, du haut du gibet de Montfaucon, que tu m'étais aussi chère que Côme, et je n'avais aucun regret de mourir pour toi. Je n'attendais rien d'autre et j'allais mourir en paix... Lorsque j'ai entendu ta déclaration, te voyant entre Yves et Côme, j'y ai vu un sacrifice atroce ; j'ai pensé que tu le faisais pour ton frère... Pour ne pas te faire perdre la face et, te devant la vie sauve, j'ai accepté de me convertir : renier ma foi a été la plus cruelle épreuve qu'il m'ait été donné d'affronter, car c'était renoncer à toutes les convictions pour lesquelles je me suis battu toute ma vie. Convaincu de ton sacrifice, je t'ai épousée en me jurant de ne jamais t'importuner, persuadé qu'appartenir à un fossoyeur, qui plus est juif, était pour toi la pire des déchéances.

— Ne crois pas cela. Tu me vois comme une vierge chrétienne alors que j'ai péché par la chair, que j'ai failli mettre un enfant au monde après avoir été délaissée, ce qui aurait fait de moi l'égale d'une prostituée. Après ça, aucun garçon n'aurait voulu de moi, et je peux m'estimer heureuse d'avoir trouvé un mari.

— Oh ! ma douce ! Ne dis pas ça ! Ce qui t'est arrivé est un accident de la vie, je ne t'en ferai jamais le reproche et je t'accepte ainsi.

Leurs yeux se cherchèrent dans l'obscurité.

Ils pleuraient et s'embrassaient, heureux de s'être enfin trouvés, après tout ce temps d'incertitudes et de rendez-vous manqués.

Le monde entier, avec son lot de guerres, de persécutions, de mort et de larmes, s'évanouit autour d'eux. Pour ce soir, ils étaient seuls sur terre. Ils se levèrent et, silencieusement, ils entrèrent dans l'abri.

TABLE DES CHAPITRES

Ce qui est réel dans l'histoire...

Hanin est un personnage entièrement fictif. Pourtant, rien n'est inventé sur ce qui était le quotidien des juifs au Moyen Âge. Certains personnages et événements entourant Hanin ont réellement existé ou eu lieu, même si, pour les besoins du roman, l'auteur a pris des libertés avec certaines dates.

Les événements

• **Le meurtre de Valréas.** Le meurtre de la petite fille, par lequel commence l'histoire de Hanin, a bien été commis à Valréas dans le Vaucluse, mais en 1247. Les trois juifs arrêtés, torturés pendant sept jours, « avouèrent » et furent mis à mort sur ordre du sire de Mondragon, seigneur de Valréas.

• **Le brûlement du Talmud.** C'est Nicolas Donin, juif converti au catholicisme, qui réussit à convaincre le pape (Grégoire IX) en 1238 que le Talmud, le livre saint des juifs, portait des attaques intolérables contre la foi chrétienne. Le pape envoya une lettre aux rois et à divers évêques, leur demandant de confisquer tous les exemplaires du Talmud afin qu'ils soient examinés. Un débat public s'ouvrit à Paris, auquel assistèrent Yéhiel de Paris, alors chef de l'École talmudique de Paris, ainsi que d'autres intervenants juifs. La condamnation tomba enfin et vingt-quatre charretées d'exemplaires du Talmud furent brûlées en place de Grève.

• **La Mémoire de Fer.** Les juifs avaient pour coutume de planter des clous sur une poutre de leur maison, afin de conserver le souvenir d'événements importants (on les appelait « archives » ou « mémoire de fer »). Les chrétiens pensaient que les juifs se moquaient ainsi de la crucifixion du Christ.

• **Le gibet de Montfaucon.** C'était le gibet le plus terrible de Paris. La coutume de l'arrêt devant le couvent des Filles-Dieu, décrite dans ce livre, est authentique (voir p.191).

• **Le soufflet et le jet de pierres.** Du dimanche des Rameaux à la veille de Pâques avait lieu la « poursuite des descendants des meurtriers du Seigneur » : les chrétiens étaient autorisés à courir après les juifs, à leur lancer des pierres et les gifler (le soufflet). Dès le XIIe siècle, le soufflet de Pâques et le jet de pierres purent être rachetés contre une taxe annuelle.

• **La lampe miraculeuse.** L'épisode de la lampe merveilleuse mettant en scène la rencontre si particulière entre Yéhiel et Saint Louis est tiré de faits historiques, mais on ignore de quelle huile il s'agissait.

• **La sainte couronne.** L'épisode de l'arrivée de la sainte couronne, alors que Paris en possédait déjà deux, fut un vrai casse-tête car on ne pouvait décemment faire défiler les trois reliques en une même procession.

• **La déclaration de conversion.** La cérémonie de conversion des juifs avait lieu en l'église Sainte-Magdeleine en la Cité (voir p.191). La déclaration que fait Hanin est un extrait de celle récitée par des convertis au Moyen Âge.

Les personnages

- **Yéhiel Ben Joseph**, nommé sire Vives de Meaux, était directeur de la Yeshiva (École talmudique) de Paris sous le règne de Saint Louis. Très diplomate, Yéhiel avait su gagner l'estime de Louis IX jusqu'au brûlement du Talmud. Ne pouvant plus enseigner, Yéhiel quitta Paris vers 1257 ou 1259, en compagnie de trois cents disciples.
- **Le Docteur admirable**, Roger Bacon, fut l'un des plus grands professeurs du Quartier latin sous Saint Louis. Dès le XIIe siècle, il y avait à Paris des professeurs de réputation universelle, qui attiraient les étudiants de toutes les parties du monde.
- **Yves de Kermantin** (1253-1303), tout en étudiant le droit, se priva pour venir en aide aux plus démunis et fut surnommé « l'avocat des pauvres ». Canonisé en 1347, saint Yves est le patron des juristes et avocats.

L'Antisémitisme chrétien

Issu du judaïsme, le christianisme est né au Ier siècle de notre ère dans l'Empire romain, où il a fini par s'imposer comme la religion dominante grâce à l'empereur Constantin en 313. C'est à partir de ce moment que les juifs ont commencé à être persécutés, les chrétiens leur faisant notamment porter la responsabilité de la mort du Christ en les accusant de « déicide ». Selon les périodes et selon les régions, la condition des juifs a beaucoup varié, certains rois comme Charlemagne les protégeant, quand la plupart les briment ou les pourchassent, comme Dagobert qui, en 629, expulse tous ceux qui refusent le baptême. Mais partout en Europe, les juifs sont exclus des fonctions administratives et de la possession de la terre pour être cantonnés aux activités commerciales, et particulièrement au prêt à intérêt, interdit aux chrétiens.

C'est avec la première croisade (1096-1099) que se répand dans toute la chrétienté un climat d'intolérance et de guerre sainte, dont les juifs sont en Europe les premières victimes : le passage des croisés provoque ainsi le massacre de quelque 50 000 juifs dans diverses régions d'Allemagne et d'Europe centrale. Toute à sa lutte contre l'hérésie et la dissidence religieuse, l'Église elle-même prend des mesures discriminatoires. En 1215, le IVe concile du Latran impose aux juifs le port d'un chapeau de couleur blanc et jaune. Les rois chrétiens de l'époque ne sont pas en reste, à commencer par les plus pieux d'entre eux, comme Saint Louis qui part en croisade à deux reprises et confirme l'obligation faite aux juifs de porter un signe distinctif : la rouelle, d'abord jaune (couleur de la trahison pour les chrétiens), puis rouge (couleur de l'enfer, du crime de sang, de la prostitution).

Texte de l'ordonnance sur la rouelle, 1269, sous le règne de Saint Louis

« Louis, roi des Francs, aux baillis, vicomtes, sénéchaux, prévôts et à tous autres tenants de pouvoir, salut. Du fait que nous voulons que les juifs puissent être distingués et reconnus par les chrétiens, nous vous ordonnons – sur la requête à nous présentée de notre frère en Christ, Paul Christini de l'ordre des Frères prêcheurs – que vous imposiez à tous et chaque juif des deux sexes, des insignes. C'est à savoir une roue de feutre ou de drap d'écarlate, cousue sur la partie supérieure du vêtement, sur la poitrine et dans le dos, qui les fasse connaître, que, de la roue, la largeur soit en circonférence de quatre doigts et que la concavité contienne une paume. Que si dans la suite un juif était trouvé sans ce signal, son vêtement supérieur appartiendrait au dénonciateur. Que néanmoins le juif trouvé sans signal soit frappé d'amende jusqu'à la somme de dix livres ; de manière cependant que sa peine n'excède pas ladite somme. Que l'amende de cette somme soit inscrite aux comptes par nous, ou – sur notre mandat – convertie en usages pieux. »

Fait à Paris, le mardi avant la Nativité de saint Jean-Baptiste, l'an 1269.

Le Paris des *Brumes de Montfaucon*

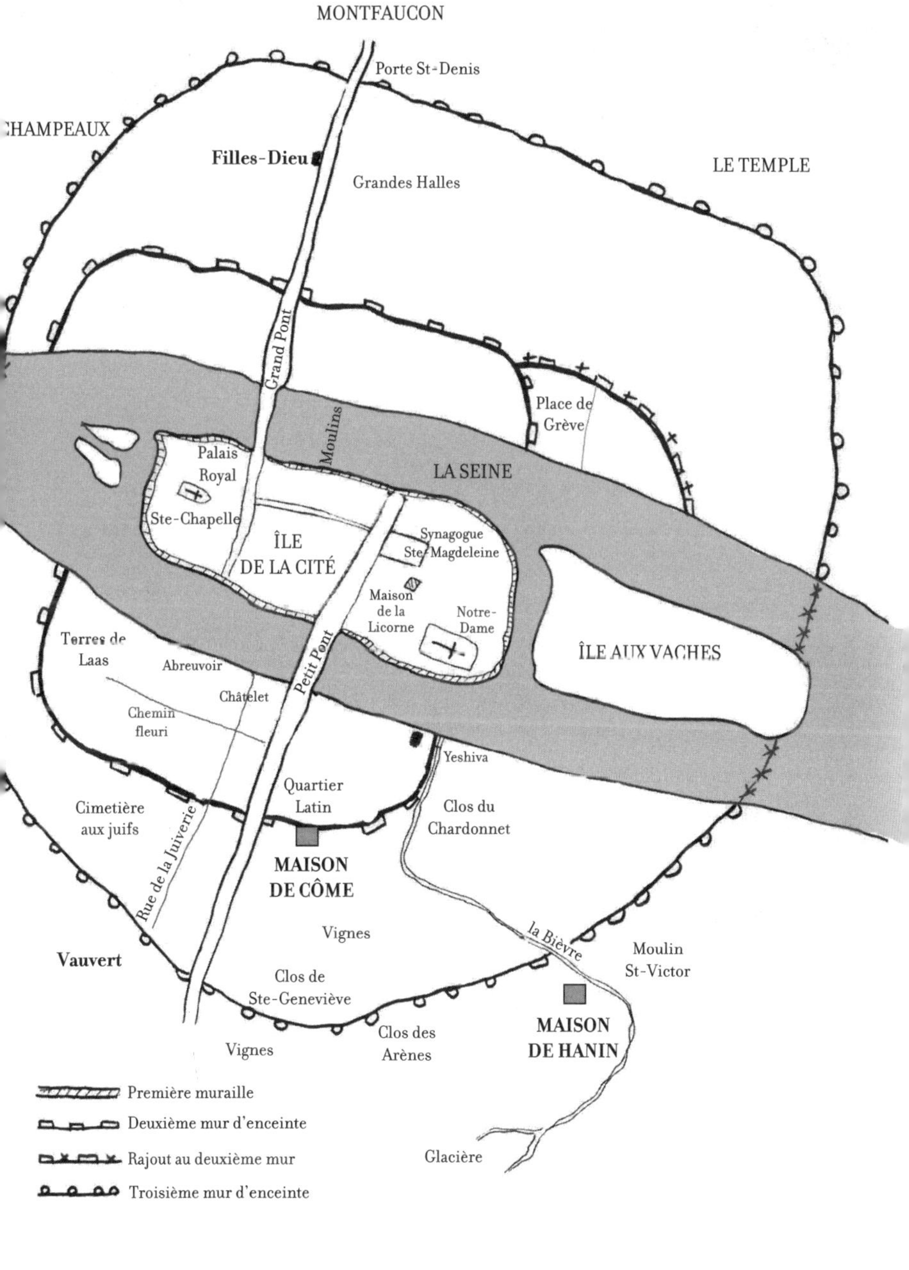